KB153212

붉은 해변

김명희 소설집

소울박스 소설집 001

붉은 해변

· **지은이** ㅣ 김명희
· **펴낸이** ㅣ 이재흔
· **초판 1쇄 발행** ㅣ 2018년 7월 31일

· **펴낸 곳** ㅣ 소울박스
· **등록번호** ㅣ 270-99-00374
· **주소** ㅣ 인천광역시 미추홀구 한나루로 550번길 4
· **공식블로그** ㅣ 네이버검색 소울박스
· **tel.** 070. 8777. 6296
· **fax.** 0504-233-6296
· **mobile.** 010. 8793. 6296
· **e-mail.** soul-box@naver.com

잘못된 책은 구입처에서 교환해 드립니다.
이 책은 저작권법에 따라 보호받는
저작물이므로 무단전재와 무단복제를 금지합니다.

국립중앙도서관 출판예정도서목록(CIP)
붉은해변 : 김명희 소설집 / 저자: 김명희. — [인천] : 소
울박스, 2018
    p. ;   cm

ISBN 979-11-962760-2-7 03810 : ₩12000
한국 현대 소설[韓國現代小說]
813.7-KDC6
895.735-DDC23   CIP2018022919

붉은 해변

김명희 소설집

소울박스

차례

[작가의 말]

꿈 속, 대추리*

김명희

언제부턴가
거리에 방치된 노란 깃발들 '미군기지 확장 반대'를 흔들고
아직 미결 중인 부대 앞 슈퍼 근처 말뚝들 속엔
민간 쓰레기들이 초라한 진을 치고 있다
원주민보다 머리 하나쯤 더 큰 이국의 목적 없는 표정 하나
PX를 빠져나와 사생활 쪽으로 모습을 감춘다
국적을 알 수 없는 웃음들, 이 마을엔
전쟁의 위성도시답게 다국적 꽃들이 피었다 지고
새로 들어온 양공주 몇 지난밤 과로가 무거운지
창백한 햇살에 절망을 녹이고 있다
이곳은 어차피 전쟁이 건축해낸 마을이기 때문이다
회관 앞엔 불그레한 체념들이 저녁 태양보다 먼저 노을이 지고
그런 날 꿈속엔 가끔씩 구슬프게 비가 내렸다
어둠 저쪽 주둔군들의 유흥에 중독된 여자 하나가
쪼그려 앉은 채 질펀한 합성어들을 게워내고
언제부턴가 이 마을은
무덤들이 이사를 떠난 뒤에야 빈 집들이 체념하듯 따라 나섰다

누구나 그 쓸쓸한 깊이에 발을 들여놓으면
외박 나온 흑인 병사의 흰 동공같은 적막함에 섬뜩 놀라곤 한다
이곳은 어차피 상처가 길러낸 희미한 흉터이기 때문이다

망쳐진 용산을 버리고 점령한 대추리,
이곳에 더 큰 전쟁의 혜택이 눈부시게 들어찼다
민간인들은 좀 더 희미한 목젖으로 토속어를 뒤적였고
웰, 컴,투,대,추,리, 의문의 표어들이 다시 반도 들판에서 번
식 중이다

아침이 되자, 뾰족구두 위에 곤추선 어린 파마아이 하나
선정적인 혀를 꺼내어
검고 달콤한 초콜릿을 황홀하게 녹이고 있다

*대추리(大秋里)-평택 미군기지 확장으로 강제 이주된 마을.

이 책을 묶기 전에도, 묶고 나서도 나는 여전히 마음이 아프다.
이젠 아픈 것도 이골이 났다.
그러나 귀를 막고 눈을 감아도 한결같이 들려오는
저 비명들과 아우성을 대체 어쩔 것인가.
저들의 눈물을 당최 어찌해야할지 나는 모르겠다.
어쩔 수 없이 계속 아픈 것은, 그럼에도 불구하고 여전히
아픈 것이다.

골절된 정신의 날들, 출혈과 염증의 모퉁이들이
내 본적지였을까?
아주 오래 걸려 느리게 아무는 환부처럼
내 안에 고인 시간들은 참, 고통스럽고 뻑뻑하게 흘러갔다.

내가 대신 아파줄 수만 있다면…… 하는 마음으로
긴 통증의 틈바구니에서 이 단편들을 하나하나 썼다.
그러는 동안 태양과 달과 별들은 수시로 그 위치를 바꿨고
나는 지금도 여전히, 아프다.

낡게 기울어가는 위태롭고 긴 의자 끝에서 버둥거리며 살았다.
몇 방울 햇살에 젖은 통증을 말리듯, 이 원고들을 묶어 세상
에 내 놓는다.

||||||||||||||||||||||||||||||||||||||||||||||||||||||||||||||||||||||||||||||||||||

생애 첫 단편집이다.
작가의 말…… 참, 생각 같아서는 최대한 멋지고 폼 나게
쓰고 싶었다.
그러나 어쩌랴.
이 시간 떠오르는 낱말이 아프다는 말 밖에 딱히 없어
참 유감이다.
이번 단편집에 등장하는 주인공들은 대부분 실존인물이다.
그들의 남은 생은 제발 행복하고 평화롭기를 바라며,
마음으로 쓰다듬는다.

이 책이 세상에 나오도록 도움을 주신 분들의 이름을
가슴에 저장하며, 나는 막차 시간에 쫓기듯 서둘러 일어선다.

벌판 저쪽에서 피맺히게 외치는 또 다른 나를 찾아 가방을 꾸
리는 지금 앞으로도 여전히 아픔의 연속일 테고, 고요 속에 흐
느낄 테지만…….
일단 힘이 닿는 데까지 힘껏 가보기로 한다.

2018년 태양이 곪아 욱신거리던 날에, 김명희

저 멀리 월미도 방파제 쪽이 대낮처럼 환했고
사람들이 허둥지둥 달아났다.
붉게 물든 월미도 해변.
몸에 불이 붙어 절규하는 사람들은,
흡사 불새들이 춤추는 것 같았다.

붉은

해
변

"안 돼! 이 두 영가(靈駕)는 못 살아!"

무당의 첫마디였다.

"네? 다른 곳에선 어느 정도는 맞는다고 하던……."

"대체! 어느 미친 무당이 그딴 소릴 해? 신(神)이나 제대로 받았대?"

진숙의 말을 끊고, 무당이 여자 사진을 내던지며 점상을 엎어 버렸다.

"이 궁합이 맞으믄 내 손에 장을 지져! 장을! 알어?"

서보살이 신경질적으로 부채를 흔들다 팽, 돌아앉았다.

"그게 아니고요. 저는."

"글쎄! 못 산다니까!"

눈썹을 치올리며 신경질적으로 담뱃불을 붙이는 서보살.

"저기……."

"궁합이 안 맞아 못 산다구!"

"다른 데서는……."

진숙이 말하다 머뭇거렸다. 서보살이 담배연기를 한 모금 길게 마시더니 후, 내 뱉었다.

"아 글쎄! 지금 우리 장군님이, 이 둘은 궁합이 안 맞는대. 설사 맺어줘두 얼마 못 가 사네 못 사네할 거라잖아? 몇 번 말해야 알아들어? 아무리 죽은 귀신들이래두 서로 이상형도 있구, 사주궁합도 봐야 하는 거여! 속궁합은 없는 줄 알어? 다 있어! 무조건 그렇게 어물전 굴비 엮듯 대충 엮어 치우는 게 아니야! 집안에 줄초상 치르구 싶은 게야?"

진숙은 난감해 아랫입술을 잘근거리다 가방을 들고 천천히 일어섰다.

"너, 지금 우리 장군님을 간보는 거야?"

용하다 해서 물어물어 찾아 온 점집이었다.

"이 영가(靈駕), 그냥 곱게 죽은 게 아니잖아? 내 말 틀려?"

진숙은 대꾸할 기운도 없었다. 바쁜 주말 장사를, 몸이 불편한 엄마와 남편에게 맡기고 나온 게 자꾸 마음에 걸렸다.

"그렇게 흉하게 죽은 귀신이 짝 얻기가 쉬워?"

문지방을 나서려는데 무당 말이 날아와 진숙의 뒷목을 졸랐다.

그녀가 뜨악한 표정으로 보살을 돌아봤다.

"생각해 봐? 너 같으면 그렇게 일그러진 남자랑 무서워서 살겠냐? 산 사람만 배우자 따지는 게 아니여! 귀신들이 더 따져. 알어?"

언뜻 보아 칠십 줄의 보살. 오늘 이게 벌써 몇 번째 점집인가.

"그럼…… 어떻게 할까요?"

"어쩌긴 뭘 어째? 내가 영가천도 하는 곳마다 찾아봐야지. 사주궁합 아주 잘 맞는 참한 영가(靈駕) 찾아서 연락할 테니 가서 기다려. 이 여자는 대가 세서 살다가도 도망가겠다! 영혼도 산사람들과 똑 같어! 이혼도 하구, 부부싸움하다 집두 나가고! 쳇! 아이구, 한번 잘못 맺어줘 봐. 밤마다 내게 찾아와, 당장 이혼시켜 달라구 전 지랄들을 해대지! 얼마나 들볶는 줄 알어? 암튼 이 아가씬 연분 아니야! 죽긴 곱게 죽었네. 그럼 뭘 해? 연분이 아닌 걸."

"네. 기다릴게요."

법당 문 앞에 섰던 진숙이 돌아가려 마루로 나섰다. 그 뒤를 서보살이 바짝 따라붙다 코를 큼큼거렸다.

"아까 네가 법당에 들어서는 순간부터 지금까지 계속 탄내가 나. 머리 아파 죽겠어."

진숙이 선 채로 미간을 구겼다. 서보살이 진저리를 치며 한마디 더 던졌다.

"불에 타 죽었지? 불 중에서두, 예사 불이 아니야."

문간에 선 채 진숙과 보살 눈이 서로 마주쳤다.

"앗! 뜨거!"

진숙의 눈을 주시하던 서보살이 순간 뭔가를 본 듯 마루에서 껑충껑충 뛰기 시작했다.

"엄마! 나, 너무 뜨거워! 뜨거워 죽겠어! 엄마, 으으……."

순간, 서보살 입에서 나온 음성은 어린 남자아이의 목소리였다. 보살이 몸을 사시나무 떨듯 하더니 네발로 기어 가 마루 끝에 있던 물주전자를 들고 나발을 불었다.

'오래전 그날, 어린 외삼촌이 저랬을까……?'

진숙은 섬뜩해 두발쯤 물러나 벽면에 붙어 섰다. 주전자 꼭지를 입에 물고 벌컥벌컥 물을 들이켜는 서보살. 그녀 목에 걸린 열 돈쯤 되는 순금목걸이가 물에 젖어 더 번쩍였다.

"끄억."

물배를 채우듯 물을 마신 그녀가 거나하게 트림을 했다.

"휘요! 불에 타구, 목 타게 죽은 귀신이구만! 엄청 뜨거웠다고 하네."

소변보듯 마루에 웅크려 앉았던 서보살이 진숙을 노려보았다. 그녀 눈에 핏발이 어렸다.

"근데. 이게 대체 뭔 불이야? 불에 타 죽은 귀신 나두 많이 겪었지만 살다살다 이런 불은 처음이네."

진숙은 두 다리에 힘이 쫙 풀리며 등골이 오싹했다.

진숙은 도망치듯 점집을 빠져나왔다. 골목으로 나온 진숙은 정신이 혼몽했다. 꾸물거리던 날씨는 어느새 말끔히 개어 있었다. 비좁은 골목길, 사선으로 비껴드는 햇살이 눈부셨다. 백 미터쯤 되는 골목을 걸어 나가는데 누군가 자신의 발목을 콱, 움켜잡을 듯 등골이 오싹했다. 내려다보면, 자신의 발목에 불에 탄 검은 손가락 자국이 묻어있을 것만 같아 쫓기듯 걸었다. 강한 공포를 느낀 진숙은 급기야, 그 골목을 빨리 벗어나기 위해 뛰기 시작했다.

골목을 빠져나와 사거리 신호등 앞에 이르러서야 진숙은 숨 돌리며 핸드폰을 열었다. 부재중 전화가 세 통이 찍혀있었다. 진숙은 버튼을 눌렀다.

"왜 안 와? 아직 멀었어?"

"지금 가."

"뭐래?"

"가서 말할게. 피곤해."

진숙은 어두운 얼굴로 횡단보도를 건넜다. 숭의로터리 쪽에서 월미도 행 23번 버스에 올랐다.

진숙이 버스에서 내려 가게를 향해 걷는데 멀리서 안데스민속음악단 '쿠스코'의 연주가 처연하게 들려왔다. 몇 년 전부터 진숙의 식당 앞에서 종종 공연을 하고 떠나던 그들.

진숙은 쿠스코 악단의 연주를 서글픈 바람의 노래라고 불렀다.

"왔네……."

진숙이 혼잣말을 하며 횟집이 즐비한 거리를 걸었다.

서글픈 바람의 노래. '엘 콘도르 파사(철새는 날아가고)'는 진숙이 특히 좋아하는 음악이었다. 안데스지방 사람들은 콘도르라 불리는 거대한 검은 독수리를 숭배한다고 했다. 쿠스코 악단은 그 옛날 사냥을 마치고 돌아온 인디언들이 모닥불 주위를 돌듯, 격동적인 춤을 추며 월미도광장을 돌았다. 진숙은 그 모습을 볼 때마다, 한 마리 불새처럼 몸 속 깊이 침잠했던 뜨거운 슬픔이 분출하는 기분이 들곤 했다. 그 느낌은 어느 정도 불길했고 적당히 주술적이었다.

그쯤이었다.

진숙은 밤이면 악몽을 꾸었다.

그녀는 꿈에서 검은 새들을 무수히 보았다. 진숙이 꿈에서 본 새들은 항상 하늘과 땅 두 곳으로 나뉘었다. 진숙의 꿈속 검은 새들의 노래는 아름답지 않았다. 괴기스럽고 암울한 소리였다. 특히 땅에 속해 있던 붉은 새들은, 춤을 추는 것 같았지만 춤은 아니었다. 소리를 내고 있었지만 노랫소리도 아니었다. 두 부류의 새들은 각각 소리가 달랐다.

허공 쪽 검은 새들은 일정하게 날며 낮고 긴 소리를 냈다. 그것은 빠른 모터소리 같기도 했고, 회전하는 거대한 풍차소리 같기도 했다.

허공을 나는 불새들은 한곳을 향해 줄지어 날았다. 땅에서 춤을 추는 듯 보였던 불새들은 날지 못하고 뛰어다녔다. 움직임이 매번 불규칙적이었고 산만했다. 곳곳에서 뒤엉켰고, 일부는 어딘가를 향해 내달리기도 했다. 그 모습은 항상 제각각이었다. 땅 위 불새들은 모두 검게 입을 벌리고 있었다. 그것이 노래를 부르는 것인지, 아니면 누구가를 부르는 것인지는 진숙도 정확히 알 수 없었다. 음성은 정확하지 않았다. 약간의 동력음이 들렸고 흑백영사기처럼 형상들이 움직였다. 땅에 무리지은 새들은 뭔가에 쫓기듯 긴박했다. 꿈속에서 흐릿하게 들리는 소리는 뾰족하거나 치명적이었다. 꿈을 꾸면 항상 내용은 동일했다. 어둠이 가득한 벌판에서 그 움직임은 계속 되었다. 진숙은 그 꿈을 잊고 있다가도 안데스음악이 들려오면 자신도 모르게 그 악몽이 떠올랐다. 그럴 때면 묘한 불길함과 처연함으로 독한 약물에 취한 듯 몸이 늘어져 가게 문을 일찍 닫고 쉬어야 할 때도 있었다.

늦더위도 어느 정도 꺾인 9월 6일 월미도.

관광객이 유독 많았다. 인천광역시와 중구청이 주최하는 제

68주년 인천상륙작전 전승기념행사 예행연습까지 겹친 주말이라, 해변상가들은 덩달아 손님들로 북적였다. 인천상륙작전 기념관까지 생긴 후 행사는 갈수록 거대하고 화려해 구경꾼들이 많이 몰렸다.

조금 떨어진 작은 광장에서는 다른 행사가 한창이었다. 진숙도 이미 아는 행사였다. 언제부턴가 인천상륙작전전승기념식이 있을 때면 의례히 같은 날 따로 모이는 단체였다. 같은 장소, 다른 무리. 진숙은 횟집 손님이 없을 때면 문밖에 앉아, 양측을 물끄러미 바라보다 들어가 매운탕거리를 다듬곤 했다.

광장 입구에 작은 행사 현수막이 보였다. 진숙은 눈부신 햇살에 눈을 찌푸리며 잠시 그쪽을 응시하다 발걸음을 옮겼다.

진숙의 친정엄마 덕자와 진숙의 남편 찬형은 두 명의 아르바이트생들과 뛰듯이 서빙하고 있었다. 덕자는 한쪽 다리를 심하게 절었다. 그녀가 한발씩 옮길 때마다 거대한 지구가 반쯤 기울다 제자리로 오듯 착각을 불러일으켰다.

"장모님, 뜨거운 것은 놔두세요. 제가할 테니."

불안함은 보는 이들의 몫일 뿐, 덕자는 달리 힘든 내색을 하지 않았다. 찬형은 장모의 그런 모습이 위태로워 수시로 그녀가 든 쟁반을 대신 받아들었다. 문소리가 나자 찬형이 입구쪽을 돌아봤다.

"어서 오세요. 어, 당신이구나."

진숙은 식당으로 들어서며 카운터에서 앞치마를 챙겨 수족관 쪽으로 걸어갔다. 매상이 좀 올랐는지 하늘색 수족관에서 헤엄치는 활어들이 눈에 띄게 줄었다. 진숙이 수족관 산소량과 적정온도를 한번 더 체크하고 주방으로 향했다. 덕자가 매운탕용 쑥갓을 다듬다 딸을 반겼다.

"왔냐?"

"엄마, 내가 좀 늦었지?"

"아니야. 손님들 여적 없다가 방금 전부터 몰려온 거여. 간 건 어찌 됐어?"

"나 숨 좀 돌리고."

"알았어. 음료수라두 마셔."

사이다를 마시며 진숙이 식당 벽에 걸린 대형거울 쪽으로 무심코 시선을 돌렸다. 거울 속에 많은 테이블이 보였다. 무심코 거울을 보다 낯익은 뒷모습을 발견했다. 여든 살쯤으로 보이는 노인의 뒷모습은 한눈에 보아도 옷차림이 이상했다. 노인은 얼굴을 모자와 목도리로 꽁꽁 싸맸고 거기에 목 티를 입고 있었다. 진숙은 거울 속 노인의 등을 보고 누군지 발로 알았다. 진숙이 크게 외쳤다.

"동만아재 오셨네요!"

동만은 종종 진숙의 식당에서 끼니를 공짜로 해결했다. 그날도 동만은 구석진 테이블에서 노숙자처럼 점심을 얻어먹고 있었다. 동만은 진숙과도 눈을 잘 마주보지 않았다.

"밥 더 드려요?"

"이 것두 많구면."

진숙이 음료수 컵을 내려놓으며 덕자를 향했다.

"다리는 괜찮아? 힘든 일은 조서방한테 시키랬잖아. 엄마 너무 무리하면 안 돼. 이젠 수술로도 안 된다잖아."

"아구 걱정 말어. 요깟 것 조금 한 걸 가지구 뭘."

"약은?"

"먹었지. 에미 걱정 마."

한 무리의 손님들이 우르르 몰려들어왔다.

"어서 오세요."

찬형은 급히 주문을 받고 횟감을 손질했다.

그들이, 남루한 행색으로 점심을 먹는 동만을 지나쳐 넓은 예약석에 죽 둘러앉았다. 일행들은 아까 진숙이 본 광장 행사에 온 사람들 같았다. 대부분이 육칠 십대였다. 그들은 내내 시끄러웠다.

"역시! 인천 하면! 상륙작전! 맥아더장군이지! 이순신장군과 맞먹는 멋진 영웅. 하하하! 자! 우리 거국적으로 건배 한 번 합시다. 모두 잔들 채워요."

"제68주년 인천상륙작전 전승기념! 그! 성공적인 행사를 위하여!"

술자리는 물 좋은 활어 여섯 마리를 회 떠서 펼쳐놓고 흥분의 도가니였다.

"캬! 만약 그때 우리의 영웅 맥아더장군이 인천상륙작전을 하지 않았더라면, 우린 지금 어떻게 됐겠냐 이겁니다! 생각만 해두 끔찍하지 않습니까?"

'탁!'

동만이 신경질적으로 숟가락을 내려놓고 벌떡 일어섰다. 멀리 주방에서 덕자가 동만을 보았다. 동만이 두 주먹을 불끈 쥐고 의자를 박차고 일어섰다. 덕자가 주방에서 설거지를 하다, 이쪽을 향해 외쳤다.

"오라버니!"

동만이 목도리 속에 싸인 초췌한 눈길로 덕자를 봤다. 덕자가 눈을 찡긋했다.

"그냥, 밥 드슈! 내 말 들을 거쥬?"

동만이 주춤대다 덕자 만류에 풀죽은 아이처럼 천천히 의자에 다시 앉았다. 일행은 시끌벅적 건배제의가 꼬리를 물고 이어졌다.

"핫하하! 우리 맥아더총사령관은 살아있는 영웅이지! 우리나라 사람들은 모두 감사하며 떠받들구 살아야 해!"

"인천사람은 어떻구? 여기 월미도도 그렇구, 자유공원도 그렇구 사실 맥아더장군 덕분에 먹구 사는 사람들 많지. 암, 은인이지. 은인!"

"맞습니다! 우리와 미국은 앞으로도 영원히! 형제요 동지여야 합니다!"

"옳소!"

"올해는 역대 가장 성대한 행사가 되겠던데요? 기념관도 생기고, 대단해요!"

"이야! 나는 말야! 그 맥아더장군 나이방! 응? 그 나이방이 언제 봐도 죽인단 말야!"

"맞아! 사내 중에 사내지! 우린 써도 그렇게 폼이 안 나. 대그빡 자체가 다르니 뭐."

"야야! 어이구! 무식허게! 나이방이 뭐냐? 나이방이. 전문용어루 레이벤! 이라구 하는 거야. 인마!"

"하하하. 여자들이 우리 맥아더장군의 그거에 오줌을 질질 쌀만큼 멋졌지!"

"야 인마! 넌 또 대그빡이 뭐냐? 아우 저 놈 하여튼! 말 좀 고급지게 가려해 인마!"

"하하하. 무슨 또, 그렇게 오줌까지 지렸다구. 하여튼 뼁두! 으이구! 야 짜샤! 술이나 마셔 인마!"

그들은 주거니 받거니 몇 순배 술잔들이 오갔다. 동만이 밥술을 뜨다 여러 번 그들을 뚫어지게 봤다.

"진숙아! 소주 한 병만 다오!"

진숙이 반대편 테이블에서, 쟁반 들고 주방으로 뛰다가 외쳤다.

"아재! 안돼요. 엄마가 드리지 말랬어요."

"거참! 아, 한 병만 줘! 돈 줄 테니!"

"아재! 누가 돈 땜에 그래요? 이따 저녁에 드릴게. 지금 우리 바쁜 것 안 보여요?"

점심을 다 먹은 동만은 진숙의 말에 밖으로 조용히 사라졌다.

하루가 어떻게 지나갔는지 혼이 나갈 지경이었다. 진숙은 서둘러 간판 불을 끄고 잠시 문밖을 내다봤다. 낮에 성황을 이뤘던 광장은 폭탄을 맞은 듯 썰렁했고 쓰레기만 뒹굴었다. 식당 밖은 여전히 네온사인들이 반짝였다. 월미도 야경을 구경하는 관광객들은 집에 갈 생각이 없어보였다. 찬형은 덕자와 카운터에서 하루 매상을 정산중이었다. 찬형이 뭔가 안 풀리는지 머리를 긁적였다.

"여보, 이것 좀 봐줘. 난 할 때마다 숫자가 안 맞아."

찬형이 수족관 활어상태를 살피는 진숙을 불렀다. 소방관인 찬형은 휴무일에만 잠시 횟집 하는 아내를 도왔다. 덕자는 늘 식당에 나왔으나, 진숙이 힘든 일은 못하게 했다.

"장모님 오늘 고생하셨는데. 이 사람과 사우나라도 잠시 다녀오세요."

"당신두 참. 엄마 사우나 안 가시는 거 잊었어?"

"아참! 그렇지? 내 정신 좀 봐."

이제 곧 팔십을 바라보는 덕자는 오래전 다친 후로 평생 누구에게도 상처를 보이기 싫어했다. 대중사우나를 안 가는 이유도 그것 때문이었다. 그녀의 왼쪽 허벅지는 아랫배 살이 들러붙어 양쪽 다리길이가 짝짝이였다. 덕자는 그날 일을 딸에게조차 말하기를 무척 꺼렸다. 덕자는 그 일을 떠올린 날에는 꿈자리까지 사나워 악몽을 꾸곤 했고 그 후로는 좀체 입 밖에 내지 않았다. 진숙은 그래서 더 깊이 물어보는 일이 없었다. 그냥 대부분 짐작으로 알 뿐이었다.

세 식구가 한시름 놓고 쉬는데, 검은 그림자가 술에 취한 듯 비틀대며 횟집으로 들어섰다. 진숙은 간판불도 껐는데, 늦은 시각에 누군가 싶어 입구를 봤다.

"아직, 안 갔구만? 오늘 장사는 좀 됐는가?"

낮에 점심 먹고 사라진 동만이다. 그가 다시 나타났다. 진숙이 다시 목청 크게 외쳤다.

"동만 아재! 어디다녀오세요?"

동만이 말없이 한쪽에 걸터앉았다.

"여보, 거 살살 좀 말해. 옆 사람 귀청 떨어지겠어."

찬형이 아내를 향해 정색했다.

"조서방. 저 양반 어렸을 때 다쳐서, 크게 말해야 들려."

덕자가 피곤한지 하품하며 노인을 향해 큰 소리로 말했다.

"오라버니, 안 더워요? 사람 없으니 것 좀 벗어요! 보는 사람 숨 막혀 죽것수!"

"덥기는, 내가 이게 한두 해야 덥게? 이젠 이골이 나서! 이렇게 안하면 허전해!"

"오라버니 술 자셨수? 내가 낮에 안 줬더니 기어이 나가서 드셨구랴?"

덕자가 천천히 일어나 한쪽 다리를 절며 카운터 쪽으로 갔다. 화장지를 한쪽 손에 둘둘 감더니 그녀가 다시 자리로 돌아왔다.

"술? 마셨지! 내가 낙이 그것밖에 더 있나?"

덕자가 동만에게 물었다.

"사람들은 많이 왔습디까?"

"그냥 그렇지 뭐······! 세상모두가 관심이나 있어? 우리끼리 매년 궁상떠는 거지! 근데 자네는 왜 안 와? 얼굴이라도 좀 보이지."

"아! 그 마스크라두 벗든지 원! 웅얼웅얼, 뭔 소린지 하나 못 알아먹것네."

덕자가 방금 챙겨온 화장지 뭉치를 동만에게 건네며 툴툴댔다.

"모이면 뭐해유? 누가 우리 억울함을 들어주기나 해?"

"그러니까 더 해야재? 우리가 이마저도 안하면 그걸 대체 누가 기억해? 자꾸 울어야 젖을 줄 것 아녀? 진숙이 너두 열심히 좀 나와. 넌 몇 번 나오더니 요즘은 아예 안 나오더구나? 암만 바뻐두 네가 할 일은 해야지. 네 외삼촌 문제구 네 외조부모 문제다. 우리 모두의 문제여. 알어? 그게 눈 감구 귀 막는다구, 외면한다구 사라질 일이냐?"

진숙이 고개를 숙였다.

"죄송해요 아재. 저두 먹구사느라 바뻐서."

"먹구 사는 거…… 물론 바쁘지. 허나, 명심해라. 지금 이게 너랑 먼 일 같지?"

진숙은 입이 있어도 할 말이 없었다.

"이건, 바로 너희들 일이여! 요즘 세상에선 안 일어날 것 같지? 우린 곧 다 세상을 떠난다만, 장차 또 잘못 된 억울함이 생기면 그땐 넌 어떡할래?"

진숙은 마땅한 대답을 찾지 못했다.

"그래서 이건 바로 너희들 문제인 거여!"

"알았어요. 아재, 다음엔 꼭 나갈게요."

"구월 되니! 벌써 그날처럼 아침저녁 쌀쌀 허네! 참, 절기는 못 속여."

덕자가 건넨 화장지를 받아든 동만은 멈칫거리다 마스크를 벗었다. 흉측했다. 진숙은 몹시 놀랐지만 내색하지 않았다. 그녀는 마스크 속에 가려졌던 동만아재 맨 얼굴을 오늘 처음 보았다. 동만아재는 목선부터 얼굴로 이어진 피부가, 뭉개놓은 찰흙처럼 일그러져 있었다. 눈도 단춧구멍처럼 겨우 남아있을 뿐 한쪽은 눈동자도 보이지 않았다. 동만아재의 얼굴을 본 진숙의 심장이 두방망이질 했다. 동만은 공포영화에 나오는 돌연변이 괴물 얼굴을 하고 있었다. 눈썹도 없었고, 귓바퀴도 수제비 반죽처럼 두피에 들러붙어 일부 형체만 겨우 남아있었다. 입술 피부는 얼굴로 당겨 올라가 있었다. 목과 얼굴 피부과 유착되어 한쪽으로는 고개도 잘 돌아가지 않았다. 마스크를 벗은 동만은 말을 할 때마다 침이 흘렀다. 덕자가 미리 챙겨준 화장지는 다 이유가 있었다. 동만은 그 화장지로, 삼키지 못해 흐르는 침을 연실 닦았다.

'이럴 수가!'

진숙은 동만아재의 처참한 광경에 입이 다물어지지 않았다. 덕자가 딱한 듯 동만에게 물었다.

"저녁은 자셨수?"

"아까 저기서 막걸리랑 국밥 한술 떴어."

동만은 삼키지 못해 흐르는 침을 닦으며 진숙 내외를 바라봤다.

"젊은 자네들이 우리모임에 너무 신경 안 쓰는 것 같어. 내가 오늘도 영 안 좋았어!"

동만은 잠시 앉았다가 집으로 간다며 가게를 나섰다. 진숙이,

멀어지는 동만아재 뒷모습을 보다 덕자에게 물었다.

"엄마, 저 아재는 혼자야?"

"혼자지. 예전에 몸을 저렇게 다쳐 결혼도 못하고 평생 혼자야. 딱해. 우리 오빠랑 동갑이잖니? 그래두 저리 살아 있기라두 하니 그나마 얼마나 다행이냐? 우리 오빠는 그날 세상을 떠났는데……. 저 오라버니 보면 우리 오빠가 생각 나. 지금 살아있으면 어떤 모습일까 싶구. 생각하면 억장이 무너져 가슴만 쥐어뜯지."

찬형과 진숙은 테이블마다 돌아다니며 냅킨과 젓가락을 채웠다.

"근데 엄마, 동만아재 말이야. 그래도 젊을 땐 서로 사랑하는 사람 있지 않았을까? 장애인들도 결혼하잖아?"

덕자가 목소리를 낮춰 말했다.

"애는, 것두 다 사정마다 다르지. 저 오라버니는 그때 다쳐서 평생 남자구실도 못해."

곁에서 마른 수저 위생포장을 하던 찬형이 놀라 끼어들었다.

"네? 아니 어쩌다가요?"

"어쩌긴 뭘 어째? 어릴 때 사고로 하체가 홀랑 다 눌어붙었지. 발등부터 사타구니까지 다 익어서 형체만 겨우 남았어. 그땐 동네어른들이 모두 저 오라버니 못산다 했지. 저만큼 걸어다니는 것만두 기적이야. 나나 저 오라버니나. 이게 어디 사람이 사는 거냐? 아주 딱해 죽것어."

"세상에! 진짜 나쁜 놈들이네. 근데 엄만 왜 내게 그날의 일을 자세히 말 안 해?"

"그 끔찍함을 너에게까지 세세히 말해 뭐하냐? 난 악몽 꿀까 봐 무서워 못해. 그놈들은 인간도 아니야. 속병 생기니까 우리가 이젠 서로 더는 묻지두 않구, 자꾸 잊으려 애쓰며 사는 거야. 근데, 그게 어디 잊는다구 잊힐 일이냐? 우린, 산송장들이여. 사는 게 사는 게 아닌 사람들이다. 근데, 너 낮에 간 그 일은 어찌 됐어? 보살이 뭐라든?"

"엄마, 그 보살 용하긴 하더라고. 날 보더니 막 탄내가 난다 하질 않나. 아, 그리고 그 여자 사진 보여주고 사주 댔더니 외삼촌이랑 궁합이 안 맞는대. 다시 상대 물색해서 연락 준대. 그 보살이 갑자기 몸이 뜨겁다고 뒹굴고 난리쳐서 나 하마터면 무서워 그 자리에 주저앉을 뻔 했어. 나올 땐 너무 무서워 막 뛰어왔다니까?"

"어무야! 그랬냐? 진짜 죽은 우리오라버니가 왔을까?"

"나도 순간 진짜 우리 꼬마 외삼촌이 왔나 싶더라고."

"에이그, 불쌍한 우리 오빠. 얼른 짝이라두 맺어줘야 구천에서 덜 한스럽지. 자꾸 엄마 꿈에 나타나 갈 데가 없다고 문 밖에서 울고 섰으니 원. 엄마가 견딜 수 있어야지."

"그러게. 서보살님이 연락 준다니까. 기다려봐야지 뭐."

서보살이, 마땅한 신부를 찾았다고 연락을 한 건 며칠 뒤였다.

"서로 인사들 나눠요. 이쪽은 신랑 측, 이쪽은 신부 측. 사주 궁합이 딱딱 들어맞아 더 볼 것도 없어."

듣고 있던 덕자가 조심스럽게 나섰다.

"저, 저쪽은 어떻게 돌아가신 분이예유?"

덕자 또래쯤으로 보이는 여자가 젊잖게 입을 열었다.

"우리 동생은 무척 야무졌는데, 여섯 살 되던 해에 갑자기 돌림병을 앓다가."

"네……."

서보살이 나섰다.

"자자! 잘됐지 뭐. 영가들 서로 아픔 아니까 잘 살 거유. 우리 장군님이, 이 두 영가들 사주는 아주 딱 들러붙는대. 더 볼 것도 없대. 아무 걱정들 말구. 오늘 모인 김에 당장 혼인날 잡읍시다. 신랑 측이 혼례계약금 내고. 자, 얼른 예물이랑 준비할 것들 좀 받아 적으슈. 혼례는 전통방식으로 해야 영가들이 좋아하것지. 내 앞전에도 말했다시피, 부부 천도제까지 지내야 하니까 준비들 해요."

날짜는 사흘 후인 9월 9일 밤으로 정해졌다. 우연의 일치였지만, 그 다음날인 10일은 외삼촌 기일이기도 했다.

그날이 왔다.

덕자와 진숙은 횟집유리문에 사정상 이틀 쉰다고 써 붙이고 밤에 굿당으로 출발했다. 월미도 광장은 사흘 앞으로 다가온 거대한 행사가 치러질 가설무대가 완성단계였다. 서보살이 적어준 길주소를 갖고 찬형이 덕자와 진숙을 태우고 차를 몰았다. 산속 굽이굽이 돌자 삼색 대나무깃발이 높다랗게 펄럭이는 게 보였다. 굿당에 모인 법사들과 보살들이 분주했다. 청색 홍색 양초와 기러기 초례상이 성대하게 차려져 있었다.

'뎅-, 뎅-, 뎅-.'

스님처럼 생긴 남자가 먼저 개식 타종을 울렸다. 혼례식은 실재처럼 엄숙히 진행되었다.

신랑 영가(靈駕)와 신부 영가(靈駕)도 정식으로 인사를 나눴다. 양가 상견례가 먼저 이루어졌다. 인사를 마친 가족들은 모두 한발 뒤로 물러났다.

혼례식이 시작되자, 주인이 문 밖으로 나가 신랑영가를 맞이했다. 신랑시자(도우미)가 기러기 머리가 왼쪽을 향하도록 들고 초례청으로 들어섰다. 진숙부부와 덕자는 한쪽 구석에 서서 긴장한 얼굴로 조용히 지켜봤다. 신랑시자가 목각기러기를 신부영가 쪽에서 준비한 소반 위에 올려놓았다. 신랑시자가 뒤로 물러나 절을 두 번 했다. 차근차근 진행된 영혼결혼식, 신랑 신부 맞절이 있고 혼인서약서를 법사가 읽어 내려갔다. 한

스님이 이제 외로워 구천을 떠돌거나 가족들 성가시게 말고 부부가 잘 살라며 축사했다. 굿당 위쪽 작은 골방에 신랑신부 영가를 누이고 신방을 차려준 후, 병풍을 치고 모두 밖으로 나와 평상에 둘러앉았다.

자정이 지나 10일, 진숙의 외삼촌 기일이었다. 일행들 모두 밤 1시가 넘어 늦은 저녁식사를 했다. 덕자와 진숙과 찬형은 긴장해서 입이 깔깔했다. 법사와 보살들은 술과 고기를 실컷 먹으며 와자지껄 웃고 떠들었다. 서보살이 뻘쭘히 서있는 양가 식구들을 평상으로 불렀다.

"이리 와 앉아요! 잔칫날은 다 같이 웃고 떠들어줘야 신혼부부가 잘 사는 거야."

서보살 뒤쪽에 있던, 얼마 전 신을 받았다는 젊은 애기보살이 평상에서 내려왔다. 그녀는 혼례식 내내 서보살을 신엄마라 불렀다.

"아니, 이 밤중에 누가 개라도 잡는 거야? 아까부터 계속 속이 메스꺼워 죽겠네! 탄내가 너무 지독해!"

서보살이 애기보살을 이상하다는 듯 봤다.

"야! 이 밤중에 태우긴 누가 뭘 태운다 그래? 아무 냄새도 안 나는구만."

"탄내가 안 난다고요? 엄니, 나는 방금 전부터 탄내가 엄청 나는데? 탄내도 그냥 탄내가 아녀. 노린내가 지독해. 난 코를 못 들겠는데. 나만 느끼나?"

서보살이 입 안 가득 고기를 씹으며 화장 짙은 눈알을 굴리다 이상하다는 듯, 주변을 돌아봤다. 진숙의 식구들도 어리둥절했다. 평상에서 내려와 굿당 수돗가에서 손을 씻던 애기보살이 갑자기, 처마 밑에 서 있는 찬형을 노려봤다. 그녀가 벌떡 일어서며 실성한 듯 소리쳤다.

"너, 너구나! 너한테서 탄내가 나네! 맞지? 너 불 속에서 살지?"

대뜸 찬형의 소방관직업을 알아맞히는 애기보살.

"네? 네."

순간, 깜짝 놀란 찬형의 낯빛이 창백해졌다. 진숙도 덕자도 눈이 동그래졌다. 애기보살이 일어나 찬형에게 가까이 가 큼큼 냄새를 맡더니 고개를 갸웃했다.

"아니야. 이 냄새와 달라. 더 고약한 냄새야. 지금, 살갗이 부글부글 끓고 있어. 아주 끈적끈적해! 아 씨팔! 불이 안 꺼져! 그런데 죽지는 않네. 아이가 아직 살아있어! 뜨겁다고 펄펄 뛰어다녀! 아이가 산채로 타고 있다고! 어떡해! 아이가 살려 달래! 산채로 타고 있어!"

애기보살 말에, 기름지게 고기를 뜯던 서보살이 벌떡 일어나 외쳤다.

"왔다! 신랑이 왔어!"

"왔다! 왔어!"

"신랑이 왔어!"

그 광경을 지켜보던 진숙의 표정이 갑자기 일그러지며 외쳤다.

"악! 이게 뭔 냄새야? 우-억! 우--웩!"

진숙도 어디선가 심한 탄내가 점점 더 느껴지기 시작했다.

"억! 대체 무슨 냄새가 이렇게 지독해? 우-억!"

진숙이 상체를 숙인 채 역겨워했다.

"우--웩!"

진숙과 애기보살이 동시에 구역질을 하며 맨발로 마당에 주저앉았다. 찬형은 아내의 낯선 모습에 놀라 달려가 진정시켰다.

"여보! 정신 차려! 당신 갑자기 왜 그래? 괜찮아?"

진숙이 눈물과 콧물을 흘리며 구역질로 괴로워했다.

"여보, 너무 뜨겁고 괴로워! 나 죽을 것 같애. 우웩!"

진숙이 연거푸 구역질을 하며 고꾸라졌다. 찬형이 진숙을 부축하려하자 서보살이 평상에서 달려와 찬형을 말렸다.

"이봐! 당신 저쪽으로 물러나 있어. 지금 영가가 실리려고 하는 거야. 놔둬. 괜찮아! 할 말이 있는 것 같으니까. 설마 자기 조칸데 죽이기야 하겠어? 한번 들어 보자구! 무슨 한이 그렇게 많아 조카 몸을 빌리려 하는지."

이미 그들은 모두가 버선발이었다. 굿당 주변은 쥐죽은 듯 고요했고 야산 둘레가 칠흑 같은 어둠뿐이었다. 덕자는 온몸이 굳어버린 듯 꼼짝 못한 채 딸과 사위와 우왕좌왕하는 보살들을 바라봤다.

"어서! 징이랑 꽹과리 가져와! 어서! 망자가 오셨다!"

마당에 주저앉아 괴로워하던 애기보살이 목에 핏발을 세우며 외쳤다. 평상에서 막걸리를 마시고 있던 법사 둘과 스님이 버선발로 법당으로 뛰어 무구들을 가득 들고 마당으로 달려왔다. 애기보살이 방울과 부채를 손에 들고 정중정중 뛰기 시작했다. 다급해진 서보살과 법사가 아무데나 대충 주저앉더니 북과 징을 두드리기 시작했다.

'둥당—둥당—둥둥당—둥당—둥당—둥당당—!'

이제는 덕자도 찬형도 확연히 뭔가 타는 노린내를 맡을 수 있을 정도였다. 그것은 시체 썩는 내와 탄내가 한데 모아져 말로 형언할 수 없는 지독한 냄새였다.

이따금 서보살과 법사의 미간이 일그러졌고 어깨를 진저리쳤다. 지독한 악취였다. 덕자도 손수건으로 코와 입을 가렸다. 찬형도 욕지기가 올라오는지 연거푸 바닥에 침을 뱉었다. 한밤중에 갑자기 굿당이 발칵 뒤집혔다. 북소리 꽹과리소리 징소리 방울소리가 산전체가 뒤집혔고 귀청이 떨어질듯 굉음이 허공에 울려 퍼졌다. 마당 한가운데서 진숙이 실성한 듯 허공을 계속 노려봤다.

'둥당-둥당-둥둥둥-둥당-둥당-둥당당-둥당당당당당당!'

진숙의 동공 풀린 두 눈이 술에 취한 듯 하늘을 보며 뭔가를 손짓했다. 찬형은 아내 눈이 향한 곳을 올려다봤지만 거기엔 캄캄한 어둠뿐이었다. 북을 치느라 온몸이 땀에 젖은 서보살이 진숙을 향해 외쳤다.

"그래! 잘 왔어요! 말해요! 이렇게 망자가 어렵게 오셨으니! 시원하게 할 말 다하세요!"

"으아아악! 악! 억!"

서보살의 말이 끝나자, 진숙은 더 세게 몸을 떨며 절규하기 시작했다. 덕자는 더 이상 서 있을 힘이 없어 처마 밑에 주저앉고 말았다. 진숙의 행동은, 68년 전 그날 창공을 보며 놀라 외쳤던 오빠의 절규와 너무 흡사했다. 덕자는 이 현실이 도무지 믿어지지 않았다. 진숙이 온몸을 부들부들 떨며 외쳤다.

"저기! 새! 저기! 하늘에 검은 새! 하늘에 새들이! 불! 불! 으악! 오지 마!"

진숙이 두 팔로 얼굴을 감싸고 마당으로 굴렀다. 그 눈은 극도의 공포에 질린 것이었다. 그녀 눈이 점점 붉게 충혈되며 초점을 잃어갔다. 진숙이 다시 일어나 또 밤하늘을 손짓했다. 시간은 깊어져 새벽 3시로 넘어가고 있었다.

"저기!"

그녀가 혼잣말처럼 뭐라 중얼거렸다.

"온다! 또 온다! 저기! 새! 으아아아악! 불! 불!"

얼마 못 가 그녀 눈은 실성한 듯 허옇게 뒤집혔다.

"불! 새가! 저기! 불!"

그녀가 한참 허리를 꺾고 수많은 오물을 마당에 토해내더니 이젠 통곡하며 울기 시작했다

"아아아악! 흐흐흑! 아악! 엄마! 무서워! 으아아앙! 아하앙! 아아앙--앙-!"

통곡하며 울던 진숙이 허공을 향해 또 외쳤다.

"온다! 새! 저기 불새! 불! 또 온다! 이쪽으로! 으아아아악!"

누군가 그날의 처참한 광경을 생생히 보여주고 싶었던 것일까? 지금 진숙의 눈에 생생히 보이기 시작했다. 이상하게도 진숙이 자주 꾸던 그 악몽과 유사했다. 그것이 눈앞에 거대한 스크린처럼 펼쳐졌다. 화약 냄새가 섞인 비린 바닷바람이 코로 느껴지는 순간, 진숙은 그 자리에 실신했다. 법사들과 두 무당이 두드리는 북소리 장구소리 쨍과리와 징소리는 점점 더 높아졌다.

1950년 9월 10일 새벽1시 월미도.

섬사람들 사이에, 이미 국군이 낙동강 전선까지 무너졌다는 소문이 자자했다. 피난을 떠나지 못한 채 섬에 고립된 사람들은 더욱 불안에 떨었다. 그들은 얼기설기 지은 판잣집에서 매일

공포스러운 밤을 맞았다. 인천상륙작전을 나흘 앞둔 그 시각, 맥아더가 사령관인 유엔본부에서 극비로 X-ray작전이 강행됐다. 해병전투비행대대 소속 폭격기들이 기체에 뭔가를 싣고 긴급히 어딘가로 날아올랐다. 같은 날밤, 열두 살 덕영과 아홉살 덕자는 부모님과 함께 판잣집에서 잠이 들었다.

꿈결에 움막을 흔드는 굉음이 잠시 들리는 듯하더니, 이내 고요했다. 오줌보가 터질 듯한 덕자는 더는 못 참겠는지 곤히 잠든 엄마에게 기어갔다.

"엄마. 나 오줌……."

엄마는 낮 동안의 일이 고되어 잠이 깊었다. 폭격기들은 일제히 고도를 낮추고 월미도 상공으로 진입했다.

"엄마, 오줌 마려워."

아홉 살 덕자가 낡고 헤진 바지를 움켜쥐고 어둠 속에서 엄마를 흔들어 깨우고 있을 때였다.

새벽 미명에 섬 상공으로 날아든 폭격기들은 하늘을 이동하는 검은 철새무리처럼 보였다.

'슈-슈-숫! 펑!' '따따따따따!' '위-잉---!'

폭격은 월미도 동쪽부터 시작되었다. 섬을 뒤덮은 어둠과 적막을 촘촘히 박음질하듯, 하늘에서 떨어진 무수한 불기둥들이 해변을 초토화시키기 시작했다. 깊은 잠에서 깬 덕자엄마는, 어둠을 더듬어 요강을 찾아 덕자 바지를 내리고 그 위에 앉혔다. 요강에 앉힌 덕자를 반쯤 품에 안고 앉은 엄마는 다시 꾸벅꾸벅 졸았다.

'따따따따따!'   '슈-슈-슛! 펑!'   '위-잉---!'

어렴풋이 들리는 괴상한 소리에 엄마는 덕자를 자리에 눕히고 거적문 밖을 내다보았다. 월미도 바닷바람이 집 안으로 훅, 들어왔다.

'위-잉---!'   '따따따따따!'   '슈-슈-슛! 펑!'

저 멀리 월미도 방파제 쪽이 대낮처럼 환했고 사람들이 허둥지둥 달아났다. 붉게 물든 월미도 해변. 몸에 불이 붙어 절규하는 사람들은, 흡사 불새들이 춤추는 것 같았다.

"오매야! 저! 저게 다 뭐야?"

거적때기를 들추고 밖을 내다보던 덕자엄마는 순간 말문이 막혔다.

"여보! 여보! 덕영아부지!"

'슈-슈-슛! 펑!'   '따따따따따!'   '위-잉---!'

아수라장이었다. 섬은 이미 거대한 불바다였고 비명은 하늘을 찔렀다.

"더, 덕영아부지! 큰일 났어요! 여! 여보! 어서 일어나요! 덕영아부지!"

붉은 해변, 난생 처음 보는 지옥이 눈앞에 펼쳐지고 있었다. 아주 작은 아이에서부터 노인에 이르기까지 근거리에서 무차별

사격이 퍼부어졌다.

"큰일 났어요! 덕영아부지!"

수십 발의 네이팜탄 투하와 함께 빗자루로 모래사장을 쓸어내듯 기관총이 난사되었다.

'위-잉---!' '따따따따따!' '슈-슈-슛! 펑!'

폭격기는 저공비행으로 덕자네 가족이 잠든 작은 판잣집을 향해 다가왔다.

"여보! 덕영아! 덕자야! 어서 일어나! 빨리!"

불을 뿜는 검은독수리 떼가, 엄마의 간절한 외침보다 먼저 지붕 위에 도착했다.

'슈-슈-슛! 펑!' '따따따따따!' '위-잉---!'

피하기엔 너무 늦었다. 허공에서 터진 네이팜탄은 판잣집을 삽시간에 불태웠고, 젤리처럼 끈적이는 불덩이는 이불과 사람 몸에 함께 들러붙어 지글지글 끓었다. 섭씨 3천도 불비가 쏟아져 내리던 월미도 밤이었다. 집들은 얇은 한지처럼 순식간에 잿더미가 되었다. 악마의 입처럼 검게 일그러진 움막 출입구들. 크거나 작은 불기둥이 비명을 지르며 집밖으로 달려 나왔다. 불은 한번 물면 놓아줄 줄 모르는 독사처럼 사람들을 친친 휘감았다.

동만의 집도, 그 옆집도, 또 그 옆집도 전염병 퍼지듯 불이 옮겨 붙었다. 네이팜탄은, 가족과 가족들에게 가장 악마 같은 저

주의 불이었다. 아비가 자식을, 자식이 어미를 위해 달려가다 불에 타 죽었다. 식구 몸에 불이 붙고, 그 불을 꺼주려다 더 많은 가족들이 타죽었다. 젤리같은 파편이 몸에 붙으면 절대 떨어지지 않는 귀신불. 삽시간에 피부가 검게 익고 피부 속 지방층이 용암처럼 들끓었다. 이 악마의 불이, 적군도 아닌 아군에 의해서 월미도에 사흘간 쏟아졌다.

'따따따따따!' '슈-슈-슛! 펑!' '위-잉———!'

"앗! 뜨거! 아악……. 어무니! 나 좀 살려주세요! 아부지! 살려주세요! 어무니!"

"아구! 내 새끼! 저걸 어쩌! 야! 이 악마같은 놈들아! 왜 죄 없는 우리한테 이러는 거여! 이 천 벌 받을 놈들!"

그날 네이팜탄 불덩이에 진숙의 외삼촌 열두 살 덕영이는 산 채로 불에 타죽고 말았다. 아버지는 덕영이 옷에 붙은 불을 허겁지겁 털다 불이 온 몸으로 번져 타 죽었다. 어린 덕자는 몸에 불이 붙어 절규하던 덕영오빠 손을 울며 잡아주려다 불씨가 발등에 떨어져 하반신에 옮겨 붙었다. 그때 덕영엄마가 실성한 듯 외쳤다.

"아악! 안 돼! 더, 덕자야! 저기! 저, 개펄! 개펄로 달려가 굴러! 어서!"

그 외침에, 모든 불기둥들이 일제히 개펄로 달려가 펄밭에 몸을 뒹굴었다. 오로지 산소가 차단되어야 꺼지는 네이팜탄. 덕자는 다행히 한쪽 다리만 태우고 겨우 살아남았다. 날이 밝자, 개펄에는 사지가 익어 떨어진 신체 조각이 허다했다. 그렇게 펄밭에서 비명들이 죽어갔다.

그날 밤 동만이네 가족도 속옷바람으로 반대편 해변으로 내달렸다. 끈질기게 따라오며 갈겨대는 기총소사. 저공비행 폭격기 조종사들과, 놀라 도망치던 민간인들 가시거리는 육안으로도 식별이 가능했지만 그들은 망설임 없이 난사했다. 개펄을 향해 한참을 달리다 보니 동만 아버지가 보이지 않았다.

"동만아부지! 어딨어요? 동만아부지! 동만아부지!"

한밤중 난리 통에 남편을 찾지 못한 동만엄마는 아들만 데리고 펄 밭으로 달려가 숨었다. 그러나 다음날 쏟아진 네이팜탄에 어린 동만은 가슴에 불이 붙었다. 동만엄마가 펄을 퍼다 온몸에 발라 동만은 겨우 목숨을 건졌지만 이미 상반신과 얼굴은 석쇠에 구운 검은 육포처럼 뭉개지고 오그라들어 있었다. 고통이 삼켜버린 아이는 비명도 지르지 못했다. 폭격은 사흘 낮밤 계속되었다. 사흘 후, 불에 탄 시체들을 해변한쪽에 모아놓았다.

"흐흐흑! 동만아, 얼른 너그 아부지 찾아보자……. 이양반이 죽었나, 살았나……."

넋이 나간 동만엄마는 허깨비처럼 해변을 떠 다녔다. 기다란 숯덩이를 줄지어 놓은 듯 시체들은 모두 새카맸다. 주검들은, 죽음의 마지막순간까지 비명을 지르는데 사용한 듯, 입이 동굴처럼 벌어져있었다. 불에 검게 끄슬린 짐승처럼 사지를 허공으로 들고 뻣뻣하게 누워있는 이백 여명의 주검들. 슬픔을 조문하듯, 월미도 바닷바람이 그들을 훑고 지나갔다.

"아부지…… 아부지……."

어린 동만이 울며, 끔찍하게 줄지어 있는 시체 속을 누볐다. 모두가 검게 타 누가 누군지 알아볼 길이 없었다.

"동만아, 너그 아부지 좀 찾아봐라. 너그 아부지 대체 어딨냐?"

동만엄마는 급기야 시체들 마다 입 안에 얼굴을 들이밀고 살펴보기 시작했다.

"아이구! 동만아부지! 아이구! 당신이 왜 여기 누워있어! 동만아부지! 이 일을 어째!"

한참동안 시체 입 속을 살피던 동만엄마가 어금니 안쪽 금니로 남편을 찾아내고 그 자리에 실신해 쓰러졌다. 영영 끝날 것 같지 않은 통곡과 절규가 섬 전체를 뒤덮었다. 월미도 해변에 가매장한 무수한 무덤들. 그러나 얼마 못 가 그 무덤마저 미군들이 밀고 온 불도저에 깔려 흔적도 없이 사려지고 말았다. 사흘 후, 인천상륙작전이 본격적으로 시작되었다. 폭격이 다시 시작되자 결국 동만네와 덕자네, 그날 구사일생으로 살아난 몇몇 주민들은 군 작전에 방해된다는 이유로 월미도에서 추방되었다. 그 후 지금까지, 그들은 고향 월미도로 돌아가지 못한 채

난민처럼 떠돌았다. 그날 네이팜탄에 스러져간 양민들은 붉은 해변 지하 어디쯤에서 비명처럼 떠돌고 있을 터였다.

혼절한 진숙이 깨어난 건 한참 후였다. 정신을 차리기 직전, 그녀는 꿈인 듯 생시인 듯 어린 외삼촌과 그 곁에 예쁜 화관을 쓴 한 소녀를 보았다. 둘은 손을 잡고 서서 진숙을 향해 해맑게 웃더니 흰 찔레꽃이 흐드러진 들길로 아득히 사라졌다.

진숙은 굿당에서 집으로 돌아가는 내내 말이 없었다. 덕자도 찬형도 진숙도 모두 지쳐있었다. 조금 더 달려가니 월미도 소라횟집 간판이 눈에 들어왔다. 찬형은 장모와 아내를 내려주고 늦은 출근을 했다. 덕자는 다리를 심하게 절며 화장실로 향했다. 무척 피곤해 보이는 진숙이 힘겹게 횟집 셔터를 올렸다. 횟집내부에 감금됐던 생선비린내가 와락, 달려들었다. 저쪽 광장 한켠이 밀고 밀치며 또 소란스럽다. 진숙이 가게 안으로 들어가다 말고 그쪽을 뚫어져라 보았다. 특별단속반이 나왔는지 시위대와 대치중이었다. 마이크와 피켓과 전단지를 뺏고 뺏기느라 실랑이가 한창이었다. 진숙의 눈 속에 비친 월미도 해변은 아직도 붉은 포탄이 날아다니고 몸에 불붙은 사람들이 괴성을 질렀다.

'월미도 민간인 미군폭격 피해보상 특별법을 제정하라!'
먼 바다를 건너온 강풍이 창백한 현수막 멱살을 잡고 흔들어댔다. 단속반과 몸싸움을 벌이던 그 틈에서 누가 밀쳤는지 목도리로 얼굴을 가린 동만아재의 굽은 등이 땅바닥으로 쿵, 고꾸라졌다. 진숙은 순간, 가슴이 콱 막혀 숨이 쉬어지지 않았다. 손가방을 아무렇게나 가게에 집어던진 진숙이 두 팔을 걷어 부치고 그쪽을 향해 전속력으로 달렸다.

설희는 방금 전까지 펼쳐졌던 자신의
생각 안쪽에서 현실로 끌려나왔다.
그녀가 기자들 질문에 답변하기 위해
금지된, 기억들을 고통스럽게 뒤적였다.
그러고는 슬픔을 참으며 입을 열었다.

금지된 기억

"글쎄…… 햄경도라믄 내래 잘 모르갔시요. 우리는 핑안북
도 철산에 살았더랬시요. 기런데 도저히 먹구 살 길이 웁고 까
딱하단 니대로 죽겠다 싶었디요. 해서리 밤마다 자강도로 쪼매
씩 이동해 죽을 각오루다 걍 압록강을 넘었더랬디요. 기래서리
무산 쪽 얘기는 내래 도통…….”
북한이탈주민이 새로 왔다는 소식만 들리면 설희는 하나원으
로 달려갔다. 혹시나 그들 중 누군가가 무산 쪽 소식을 알까 해
서였다. 그녀가 탈북해 대한민국으로 온 후, 거주지 정착지원
을 받을 때 하나원에서 멀리 가지 않은 것도 이유가 있었다. 그
녀는 대한민국 사회에 적응해 직장생활을 하면서도 탈북자가
들어왔다는 소문만 들으면 미친 듯 그곳으로 달려갔다. 한국

에 온 지 얼마 안 되는 탈북자들을 찾아가 면회를 요청하고 재촉하듯 물어봐도 매번 헛수고였다. 그 때마다 오른쪽 허벅지의 통증이 뼛속으로 지독하게 파고들었다.

퇴근한 설희는 느린 걸음으로 어두운 골목을 지나 집으로 향했다. 길가 약국에 들러 습관처럼 약을 샀다. 남한에 와서 오른쪽 다리 수술을 두 번이나 받고 그럭저럭 견디게 해 주는 진통제였다. 그러나 요즘 들어 그 약조차 별 효험이 없었다. 그녀 발 뒤축에 들러붙은 긴 그림자가 검은 유령처럼 일그러지며 그녀를 따라갔다. 설희는 동네 앞 작은 사거리를 지나다 걸음을 멈추더니 슈퍼로 들어갔다. 가게 주인 여자가 계산대에 앉아 꾸벅꾸벅 졸다 벌떡 일어나 반겼다.

"아이구 이게 누구래? 오랜만이네!"

말 없는 설희의 안색을 살피며 그녀가 다시 물었다.

"가만 있자……. 어머나, 내 정신 좀 봐. 벌써 돌아왔수?"

"네."

"차암, 세월도 빠르지."

"그때처럼, 알아서 담아주세요."

"알았수. 여기 앉아서 잠깐만 기다리슈."

슈퍼 여자가 입구에 매달아 놓은 검은 비닐봉투 몇 개를 힘껏 잡아 뜯더니 숙주나물과 고사리, 과일 등을 덜어 담으며 말을

이었다.

"요즘은 좀 나졌수?"

"그냥, 그래요."

설희는 무표정한 얼굴로 힘없이 대답했다.

"에혀, 쯧쯧쯧. 허긴 뭐 그게 그렇게 쉽게 잊혀지겠수? 아참, 그런데 소문에 듣자 허니 아무 사이도 아니람서? 그만큼 했으면 이젠 그만 둘 때도 됐잖우? 대체 그 일을 언제까지 하려구 그러우?"

"……"

"자, 이정도면 됐수? 아참, 포하고 술두?"

"네. 쌀도 최근에 들어온 좋은 걸로 한 봉지 주세요."

설희는 슈퍼여자가 주섬주섬 건넨 봉투를 들고 골목으로 멀어졌다. 오른쪽 허벅지 통증이 다시 파문처럼 퍼져나갔다. 애써 통증을 따돌리며 캄캄한 집 안으로 들어선 그녀가 거실등 스위치를 켰다. 맞은편 거울에 이십대 중반의 젊은 여자가 금방이라도 쓰러질 듯한 얼굴로 초췌하게 서 있다. 물끄러미 거울 속 자신을 응시하던 설희는 옷을 갈아입고 나물봉지를 개수대로 가져가 서둘러 제사상을 차렸다. 그녀는 늘 해오던 버릇처럼 하얀 쌀밥을 고봉으로 퍼 담고 쓸쓸히 향불을 피웠다. 향 연기가 하얀 해오라기처럼 허공으로 날아올랐다.

"리혜상…… 간나에미나이! 이만하든 만찬 아이네? 저승에서

까지 배 곯티 말구 날래 마이 묵으라."

여러 나라의 국경을 넘어 목숨 걸고 한국으로 탈출한 후, 설희는 벌써 오년 째 이 일을 해오고 있다. 적막이 팽팽하게 부푼 누추한 원룸. 절을 마치고 초라한 제상 앞에 앉아 천천히 음복을 하는 그녀. 세월이 많이 지났건만, 눈 덮인 겨울벌판의 삭정이처럼 창백하고 가녀린 팔뚝마다 검붉은 흉터들이 가득했다. 민소매 원피스 밑단 사이로 오른쪽 허벅지가 들춰졌다. 살갗을 덧대어 꿰맨 수술자국으로, 탐스러워야 할 젊은 설희의 다리는 누더기 같았다. 길게 내쉬는 그녀의 한숨 소리가 검은 콜타르처럼 진득하다. 소주가 그녀의 몸속으로 아주 느리게 흘러내렸다. 제상을 마주한 그녀의 눈 속에 서서히 술기운이 차오르자 향불연기가 먼저 취했는지 아지랑이처럼 이리저리 흔들렸다. 몽롱함 속에서 자꾸만 누군가의 날카로운 손톱이 자신의 오른쪽 허벅지를 할퀴는 것만 같았다. 그녀는 마음이 초조하고 불안하면 그곳을 긁는 버릇이 있다. 오래전 탈북하면서 생긴 깊은 흉터가 아직도 검푸르게 남아있었다. 친구가 살려달라고 절규하며 마지막까지 붙들었던 자신의 그 곳. 지금도 후유증으로 그 곳이 욱신거릴 때마다 그녀는 친구 혜상이가 다가와 만지는 줄 알고 화들짝 놀라곤 한다. 혜상이는 죽었다. 이미 오래전, 어릴 때 함께 도망치다 죽었다. 죽은 친구가 어린 모습을 한 채 피 묻은 얼굴로 설희의 꿈에 자주 나타났다. 하루 일을 마치고 불 꺼진 집에 돌아와 눈을 감고 누우면 그날의 악몽이 덮쳐와 설희를 늘 괴롭혔다. 그 후로, 견디다 못한 설희는 독한 술과 함께 수면제를 먹어야 그나마 잠들 수 있었다.

혜상이의 제상을 차렸던 그날 밤도 설희는 도저히 잠을 청할 수 없었다. 그녀는 술 한잔을 가득 따랐다. 얼마 남지 않은 향불이 제상 위에서 마지막 숨을 몰아쉬고 있었다. 그녀는 노래를 불렀다.

임진강 맑은 물은 흘러흘러 내리고
뭇새들 자유로이 넘나들며 날건만
내 고향 남쪽 땅 가고파도 못가니
임진강 흐름아 원한 싣고 흐르느냐

"혜상아……. 리혜상. 너두 이제는 제법 나이를 먹었겠구나야. 자, 후후후 한잔 하재이. 너 한잔, 나 한잔, 오래전 그 두만강의 시퍼런 물살도 한잔. 도망길에 검은 어둠 속에서 야광빛처럼 울어대던 풀벌레들도 한잔. 연변에 숨어 살 때 창백하고 무서웠던 물 먹은 달빛도 한잔….."

벌써 16년 전 일이다. 전력이 딸려 모두가 일찍 잠든 밤. 함경북도 무산읍 칠성리 작은 마을. 산비탈 판자촌 어느 집에 작은 불빛 하나가 켜졌다. 땟국이 번질거리는 누더기 이불 속에 누워있던 아홉 살 여자아이의 얼굴은 겁에 질려 있다. 오늘따라 지금껏 먹어보지 못한 고깃국에 허연 이밥을 배불리 먹은 것도 난 데 없는 일이었다. 배는 더없이 부른데, 그전과 달리 왠지 모르게 잠이 오지 않는 밤이었다. 건넌방에서는 설희의 부모가 뭔가 소리 낮춰 대화중이었다.

"당신 정말 미쳤습매? 정말 그 짓을 하겠단 말이오까?"

중년의 부부는 오랜 굶주림으로 몰골이 처참했다. 그들이 등을 기대앉은 벽지는 이미 손이 닿을만한 곳은 다 벗겨지고 없었다. 가난과 굶주림에 허덕이다 참지 못 해 벽지조차 모두 뜯어먹은 후였다.

"기럼 어떡하네? 낼더러 더 이상 뭘 어떡하란 거이가? 기냥 이대루 천장 쳐다 보믄서 세 식구 다 굶어 죽어서리 한날에 황천길 가자는 거이네? 내는 뭐 이기 좋아서 하네?"

"그래두 그렇지비! 그건 도저히 사름으루 할 짓이 못되우다"

"간나 에미나이래, 갑자기 와 이칸? 일전에 니두 동조 아이했네? 고거이 벌써 잊었네? 니보라우, 낸두 가슴은 아프디만…… 우짜가서? 니번 고난의 행군 시기를 무사히 넘겨야 하지 않간? 어케든 니 고비를 넘기구서리, 친애하는 김정일 위원장동지 말대루 이밥에 괴깃국 먹는 시절이 오믄 그때 가서 아는 또 낳으믄 되디 않간? 설희 저 아도 니럴 수밖에 읍는 우리를 저승에 가서라두 이해 해 줄 끼야."

설희는 어느새 방문가까이 귀를 대고 서있었다. 아직 어려 부모의 말을 다 알아들을 수는 없었지만, 자신을 낳아 준 엄마와 아버지가 자신에게 수면제를 먹여 깊이 재운 후 죽여서 장마당에 그 인육을 내다 팔자는 말이 그 방 안에서 오가고 있었다. 충격은 천둥처럼 아이의 귀청을 때렸다. 갑자기 사타구니와 허벅지를 휘감으며 뜨끈한 물줄기가 아래로 흘러내렸다. 겁에 질린 설희는 선채로 자신도 모르게 오줌을 싸고 있었다.

"지 아새끼를 죽이구 난 후에 이밥에 괴깃국, 그기 다 뭔 소용임매? 설희아바디 제발 기만 하쑤꾸마! 흐흑⋯⋯."

설희엄마의 흐느낌이 들려왔다.

"뭐이 어드레? 시방 뭐라했찌비? 이런, 삶은 소대가리 간나이. 이기 완전히 일자무식쟁이두 아임서 말뿐세 보우다. 기럼, 이제 와 내래 어카라는 기야?"

"설희아바디, 안 돼쑤꾸마. 기럴 순 없습매. 이건 암만 생각해두 인간이 할 짓이 아임매. 말이 안 되우다. 당신은 하늘이 무섭지두 않습?"

"이 개 쌍 쫑간나이! 일전엔 내 말대루 하겠다 하구선, 인제 와 못 하갓다니, 무시기 지랄이지비? 니 시방, 내 맴은 멀쩡한 줄 알간? 입 다 맞춰 놓구선 와 이제 와 왼새끼를 꼬구 지랄이네?"

"설희아바디, 애 자다가 깨갓수꾸마. 지발 좀 조용조용히 말 하우다래."

목에 핏대를 세우던 설희아버지가 알 수 없는 흰 가루약 봉지를 방바닥에 패대기치고 자리를 박차고 일어섰다.

"니보라우! 지금 돌아가는 세상 꼴은 말이 되네? 지금 내 하나 잘 살자구 이러네? 우리만 기런 게 아인데 와 자꾸 님자까지 이러는 거지비?"

"글쎄! 난! 못 하갔으니깐 더 이상 기딴 소린 하지 마시오다."

"니런, 쌍! 개간나이! 설희는 내 새끼 아이네? 내 맴두! 내 맴두! 시방 미어지는 걸 니가 알간?"

설희 아버지가 아내를 노려보다 주먹을 불끈 쥐고 돌아섰다. 설희엄마는 울음소리가 건넌방 설희의 귀에 들릴세라 낡은 이불로 자신의 입을 틀어막고 통곡했다. 어린 새끼를 죽여야 하는 그녀의 슬픔도, 칠흑같이 캄캄한 밤도 영영 끝날 것 같지 않았다. 공포에 싸인 얼굴로 문밖에 선 채 굳어졌던 설희가 슬금슬금 뒷걸음질 치기 시작했다.

같은 날밤, 옆 마을 독소리도 발칵 뒤집혔다. 주민들에게 배급을 하던 중앙당간부가 양식 일부를 빼돌려 팔아먹다 들통이 나고 말았다. 마침 그 장면을 이웃집 다른 간부가 담장 너머로 모두 보게 된 것이었다. 그 일로 혜상이 아버지는 반동분자로 고발을 당했다. 그 사건은 김정일에게 직보 됐고, 조국과 인민의 생명인 식량을 빼돌린 악질반동분자로 내몰렸다. 그날 밤 온 식구가 체포되어 한밤중에 어딘가로 끌려가고 있었다. 그 무리에서 한 아이가 쫓기는 동물처럼 죽을힘을 다해 어둠 속으로 도망치고 있었다.

혜상이 부모는 결국 북한의 회령 22호 정치범 강제수용소로 끌려가고 행복하게 살던 혜상이는 갑자기 꽃제비가 되어 거리로 떠돌았다. 떡이 지고 난발한 머리에는 이가 득실거렸고 온몸에 벼룩이 옮긴 피부병이 번져 살갗이 말라붙은 똥딱지처럼 갈라졌다. 청진의 수남 장마당을 떠돌며 땅바닥에서 아무거나 닥치는 대로 주워 먹던 혜상은 배가 너무 고팠다. 오후에 장마당에서 우연히 한 꽃제비를 만났다. 눈만 떼꾼하게 빛나던 그 사내아이는 청진에서 제일 큰 수원 장마당에서 수년간 떠돌았다며 자랑삼아 너스레를 떨었다. 그래서인지 사내아이는 정보가 남달리 빨랐다. 그 아이가 혜상에게 속삭였다.

"알았네? 기니까네 이따가 련두봉 첫 번째 골짝 초입으루 나오라. 기럼 이따 보자이? 내는 기럼 먼저 가갔어."

사내아이는 혜상이에게 그 말만 남기고 저녁 일몰 속으로 거짓말처럼 사라졌다. 밤이 깊어지자 혜상은 속는 셈치고 련두봉 골짜기로 가보기로 결심했다. 깊은 밤을 틈 타, 낮에 사내아이가 일러준 그 야산으로 숨어들었다. 얼마를 올라갔을까. 아궁이그을음처럼 새카만 어둠을 부드러운 달빛이 서서히 밀어냈다. 달빛 아래 야산 자락의 흙들이 붉게 파헤쳐 진 것이 희미하게 드러났다. 그때, 그리 멀지 않은 어딘가에서 작은 웅성거림이 들려왔다. 흙길에 이슬이 흥건히 내려 혜상의 발이 자꾸 아래로 미끄러졌다. 아이는 소리 나는 곳으로 살금살금 다가갔다. 그곳에는 이미 혜상이 또래 몇이 둥글게 돌아앉아 어둠 속에서 정신없이 뭔가를 파헤치고 있었다. 이틀 전, 계급이 제법 높은 고위층 당간부 집에 초상이 났던 것이었다. 그 소문을 들은 굶주린 꽃제비들이 한밤중에 망자음식으로 배를 채우려 약속이나 한듯 공동묘지로 모여 든 것이었다. 묻은 지 얼마 안 된 무덤 주변에 망자 옷을 태운 잿더미와 갖가지 쓰레기들과 음식 찌꺼기들이 널브러져 있었다. 몇몇 아이들은 닥쳐올 겨울을 생각해, 불에 타다 만 망자의 옷을 챙기느라 정신없다. 낮에 혜상이와 만났던 그 사내아이는 웬일인지 보이지 않았다.

"에잇! 재수가 없을라니끼니! 야, 한발 늦었다. 이미 누군가 먼저 다녀갔다이."

아이들 중에서 키가 반 뼘쯤 더 큰 아이가 펫장 흙을 집어 패대기쳤다. 한참을 더 무덤주변을 샅샅이 뒤지던 아이들은 뿔뿔이 산을 내려갔다. 혜상이도 힘없이 산을 내려갔다. 그날 밤, 나무 뒤에 숨어 그 광경을 지켜보던 설희와, 산을 내려가던 혜상은 처음 만났다. 그날 공동묘지에 가장 먼저 숨어든 설희는 매장지 주변에 떨어진 국수조각 몇 가닥을 먼저 주워 먹고 제법 깨끗한 망자의 옷을 걸치고 있었다. 그날 밤 둘은 어둠속에서 서로 부딪쳐 귀신인줄 알고 혼비백산해 뒤로 자빠졌다.

어느 새 열두 살이 된 설희와 혜상이. 그날 무덤 사건 이후로 둘은 단짝이 되었다. 둘은 함께 다니며 장마당에서 구걸을 했고 쓰레기장을 뒤지며 거리를 떠돌았다. 그 해 북녘 땅에는 끝이 없는 고난의 행군과 함께 최악의 가뭄이 찾아왔다. 세상의 모든 것이 꽁꽁 얼어붙었다. 마을에서 아이들이 사라지는 그만큼, 거리에는 굶어죽고 얼어 죽은 시체가 늘어갔고, 장마당에는 알 수 없는 고깃덩이들이 밀거래 되었다.

"김일성 장군님 만세!"

"위대한 령도자 김정일 장군님을 목숨으로 옹호 보위하자!"

"위대한 령도자 김정일 동지 만세! 만세!"

눈보라 몰아치는 생사의 기로에서 봄은 좀처럼 오지 않았다. 얼음보다 더 차디찬 벌판에, 풀과 나무보다 먼저 피어나는 것은 거리에 나부끼는 화려한 선전문구들이었고, 유래 없는 최고의 겨울추위가 지나고도 봄은 선군정치처럼 멀었다. 들판에 앞다퉈 피어야 할 꽃들은 씨가 말랐고, 그 대신 곳곳에서 굶주려

죽어가는 신음소리가 칡넝쿨 다래넝쿨보다 더 무성했다. 그렇게 질긴 죽음의 봄은 가고 다시 여름이 왔다. 결국 북한정부는 배고프면 반동분자를 고발하라. 그럼 양식을 주마 선전포고를 했다. 배고픔에 참다못한 설희가 혜상이를, 인민의 생명을 담보한 식량을 빼돌린 악질정치범의 도망친 자식이라고 고발하기로 마음먹었다. 배고픔은 더 이상 견딜 수 없었다. 북한반도의 들판은 붉은 내장을 내보인 지 이미 오래였다. 사막보다 더 황량해진 벌판에서, 그들은 더 이상 풀뿌리를 캐 먹을 수도, 나무껍질을 벗겨 먹을 수도 없게 되었기 때문이다.

'눈 딱 감구 고발하자우…. 기건 안 돼. 혜상이는 내 동무 아임매…. 동무는 뭐이 얼어 죽을 동무가? 강냉이 죽 한 그릇만 먹었으면 소원이 읍겠다야. 그래도 아니야. 동무를 죽 한 그릇에 팔수는 읍지 않네. 아냐! 내일 혜상이가 장마당으로 나가믄 내는 배가 아프다 하구선 뒤로 빠지는 기야. 그때 인민보안부로 달려가 고발하는 기야. 기래. 혜상이 자는 기래두 부모 잘 만나서리 그동안 호의호식 했잖네? 내가 자한테 미안 할 거 하나두 읍지 않칸?'

그것을 알 리 없는 혜상이가 저만치 앞서 가다가 설희를 불렀다.

"이런! 간나이! 야, 양설희! 와 이리 굼벵이처럼 못 따라오네? 날래 가자."

혜상이 부르는 소리에, 설희는 순간 혜상이를 고발하려는 자기 생각이라도 들킨 양 가슴이 철렁 무너져 내렸다.

"어? 어…. 지금 가고 있다."

둘은 동네 냇가로 달려갔다. 냇가 여기저기에서 죽은 시체들이 둥둥 떠내려가다 돌부리에 걸려 간당거렸다. 어떤 시체는 이미 부패가 심해 온몸이 풍선처럼 부풀어 올랐고 쉬파리 떼가 헤진 살갗을 빨아먹었다. 처음 집을 나와 거리를 떠돌던 때에는 무척 섬뜩했던 광경들이 이제는 너무 흔하게 느껴져, 는 악취만 빼면 그다지 무섭지 않았다. 오래 굶은 아이들에게 불볕더위는 싸워야 할 또 다른 적이었다. 둘은 1초도 망설임 없이 물로 뛰어들었다. 허기증에 시달리던 아이들은 누가 먼저랄 것도 없이 냇물에 얼굴을 박고 정신없이 물을 들이켜댔다. 그 순간, 갑자기 설희가 물속으로 고꾸라지더니 일어나지 못했다.

"야! 와 이칸? 정신 차리라! 설희야! 설희야!"

아이는 미동도 없었다.

"도와 주시라요! 도와 주시라요!"

곁에서 함께 물을 켜던 혜상이 놀라 물에 처박힌 설희를 있는 힘껏 강변으로 끌어냈다.

혜상의 외침에 주변에서 빨래하고 멱을 감던 주민들이 몰려왔다.

"쯧쯧쯧, 이 아는 곧 죽을 기야. 뱃대지에 뭐이 들어갔시야

살지비."

살갗이 검고 깡마른 중년 사내가 삭정이 같은 손가락으로 실신한 설희의 눈을 까뒤집어 보았다.

"이보라. 누깔이 수년 가뭄에 바짝 마른 빈 우물 보담두 한은 더 휑허지 않네? 창지 속이 텅텅 비었는데 뭔 힘으루 정신을 붙들갔네? 이 아는 시방 저승이 코 앞이구나야."

"아재비동무! 쟤 좀 살려주시라요! 제발 살려주시라요!"

"니 보라. 내 말 못 알아듣네? 야가 뭐를 먹어야 사는데, 사방에 먹을 거이 어드메 이서? 먹을 거라믄 풀뿌리두 나무뿌리도 죄다 씨가 말랐지비? 그래서 죽는다 아이했슴? 용쓰지 말라."

중년사내가 실신해 늘어진 설희를 안아다 그늘에 눕혀주고 손을 털며 멀어졌다. 혜상이는 주변 나뭇가지를 꺾어 설희에게 그늘을 더 깊이 드리워주었다. 혜상이는 눈물을 훔치며 쏜살같이 거리로 내달렸다. 달리면서 뭔가를 떠올리려 애썼다.

'설희야 죽지 마라. 죽으믄 절대 안 돼. 기런데 지금 내는 어드메루 가야 하간? 어드메루 가야 먹을 것을 구할 수 있지비? 내는 시방 생각해 내야 한다. 빨리 생각해 내야한다….'

혜상이는 장마당으로, 당 간부들이 몰려 사는 동네 쓰레기장으로, 협동농장 두엄더미로, 미친 듯 내달렸다. 혜상이가 설희를 살린 것은 소똥 속에서 찾아낸 옥수수 아홉 알과 밥풀 몇 알이 동동 뜬 돼지우리 구정물이었다. 혜상이는 그것을 품에 안고 달려와, 설희에게 정성껏 먹였다. 거짓말처럼 설희의 정신이 돌아왔다. 설희는 혜상이를 바로 보지 못했다.

'이런 아를 내가 반동분자의 자식이라고 고발하려 했다니…. 혜상아 정말 미안하다야.'

배고픔에 지친 설희와 혜상이는 시국이 피폐해져 갈수록 구걸이 힘겨워졌다. 온 몸에서 근육이 빠져나가고, 단백질 결핍과 비타민 결핍으로 아무데서나 맥없이 쓰러졌다. 죽음처럼 덮쳐오는 잠을 이기기 힘들었다. 결국 참다 못 한 둘은 깨진 사기조각을 챙겨들고, 밤마다 죽은 지 얼마 안 된 인육을 찾아다녔다. 아이들은 그 붉은 살을 도려 먹으며 간신히 하루하루를 연명해 갔다.

혜상이가 탈북을 결심하는 일이 벌어진 것은 얼마 후였다. 양강도와 함경도 일대를 떠돌던 혜상이와 설희는 우연히 장마당에서 혜상 부모 소식을 듣게 되었다. 몇 년 전 회령 22호 정치범 수용소로 끌려간 혜상의 부모가 얼마 전에 처참하게 세상을 떠났다는 것이었다. 회령22호 정치범 수용소는 생화학 무기 인체실험으로 악명 높은 곳이었다. 비슷한 시기에 그곳으로 끌려간 정치범 여섯 명이 생화학 생체실험용으로 희생되었는데, 그때 혜상이의 부모도 함께 죽고 말았다. 혜상은 울지 않았다. 다만 힘없고 불안한 시선을 허공에 두는 시간이 많아졌고 이전처럼 설희와 함께 대낮에 거리를 활보하며 구걸하지 않으려 했다. 혜상은 시간이 갈수록 불안한 눈빛이 심해졌다. 겨울이 가고 봄이 올 때마다 거리에는 팔다리가 없는 아이들이 눈에 띄게 늘어갔다. 혹독한 겨울을 넘기며 동상 걸린 아이들이 끝내 그곳을 잘라내고 다시 봄이면 냉이나 질경이처럼 끈질기게 거리를 뒤덮었다.

아이들은 그날, 무산쪽 장마당에 있었다. 땅바닥에 떨어진 국수가닥을 싸움하듯 주워 먹던 혜상의 사타구니 사이로 뜨끈한 게 느껴졌다. 초경이 터진 것이었다. 설희는 말로만 듣던 달거리 광경을 그날 혜상이를 통해 처음 보았다. 배를 움켜진 혜상이는 잘 걷지를 못했다. 허벅지에서 발목으로 선지같이 걸쭉한 핏물이 붉은 꽃뱀처럼 휘감아 내렸다. 극심한 영양실조에 시달리던 혜상이의 얼굴빛이 가루약처럼 하얘졌다. 아이는 판잣집 바람벽에 간신히 기대있었다. 설희가 혜상이를 부축해 냇가로 데려가 몸을 씻게 해주었다. 설희는 태어날 때부터 심한 영양실조로 아직 달거리가 없었지만 혜상이는 그래도 간부의 자식이었기에 건강이 좀 나은 편이었다. 혜상이를 물가에 두고 설희가 어딘가를 다녀왔다. 어디서 구했는지 누더기같은 천 조각들을 모아 혜상에게 건넸다.

"자, 이걸루 위생대 하라."

둘은 언덕에 쓸쓸히 앉았다. 멀리서 석탄 실은 화물차가 검은 독사처럼 기어가고 있었다. 이제 어른이 다된 설희와 혜상이도 문득 어딘가로 서둘러 떠나야한다는 생각이 여물어갔다.

길 위의 날들이 길어질수록 처음엔 막막했던 꽃제비 생활에 두 아이는 자신들도 모르게 적응하고 있었다. 악취가 풍기는 쓰레기 더미를 들치자 갖가지 오물 더미 속에 낯선 종이가 눈에 들어왔다. 설희가 그것을 판자집 창문 아래로 가져가 희미한 불빛 아래 펼쳐보았다. 손바닥만 한 종이에 검은 글씨가 빼곡하게 적혀있었다.

'북한 주민들이여! 우리는 일제시대 보다도 더 악랄한 김씨 일가의 독재정권에 자유와 인권을 빼앗겼다.'

그것은 바로 남한에서 날려 보낸 대북전단지였다. 그날은 운이 좋았다. 1달러도 함께 종이에 접혀 있었기 때문이다. 설희는 누가 볼세라 재빨리 1달러를 숨기고, 다시 썩는 내 나는 쓰레기더미에서 온 종일 굶은 허기를 채워줄 간절한 뭔가를 짐승처럼 찾아 헤맸다. 근처에서 삼삼오오 몰려들기 시작한 꽃제비들이 꽤 여럿 보였다. 여러 날 동안 뭔가를 먹지 못한 설희와 혜상의 얼굴이 망초꽃처럼 하얗게 부어있다.

"혜상아, 네래 뭐이 먹을 거 좀 찾았네?"

"없다쿠나야."

그때 썩는 냄새가 물씬 풍기는 뭉치 더미를 헤집던 혜상이가 미친 듯 뭔가를 입 안으로 꾸역꾸역 밀어 넣었다. 딴에도 비위가 뒤집히는지, 당장이라도 토할 듯 헛구역질을 해대면서도 손은 멈추지 않았다. 그것을 본 설희가 알사탕만 한 눈에 불을 켜며 쏘아댔다.

"야, 고거이 뭐이가? 뭘 먹는 거이가?"

혜상이는 대답 할 겨를도 없이 뭔가를 계속 입안으로 우겨넣었다.

"이 간나 에미나이래! 고거이 뭐냐고!"

설희가 사납게 혜상이의 손을 휘감아 쳐냈다. 감자 껍질이었다. 그것은 이미 썩은 지 오래되어 미끄덩거렸다. 그것을 움켜쥔 혜상의 앙상한 손등까지 커다란 벌레가 우글우글 기어오르고 있었다. 썩은 감자껍질에서는 사람 똥냄새보다 더한 악취가 지독하게 풍겼다. 설희는 자신도 모르게 순간, 손으로 코를 잡아 쥐었다.

"하이구야. 이기를 어케 먹네? 야야, 니 시방 미쳤네? 정신 차리라. 배고프다고 암거나 먹어대단 더 큰 일을 치를 수가 이서. 먹지 말라. 글쎄, 먹지 말라우!"

며칠을 굶은 혜상의 귀에 설희의 그 다그침이 들릴 리 없었다. 당간부의 자식으로 부유하게 자란 혜상이는 설희 보다 유독 배고픔을 참지 못했다. 지독한 굶주림이 심해질수록 더 늦기 전에 어딘가로 떠나야 한다는 본능이 더 높이 고개를 들었다. 그날은 설희가 준 1달러로 둘은 오랜 만에 배불리 잠들 수 있었다.

　장마가 시작된 그해 여름. 설희와 혜상이는 '선군정치' 간판이 커다랗게 서 있는 두만강으로 향했다. 그러나 국경인민수비대에 걸려 둘은 근처 풀숲으로 거칠게 끌려갔다. 설희와 혜상은 대낮에 들판에서 초병들에게 겁탈을 당하고 가까스로 철조망을 넘어 도망쳐 나왔다. 둘은 그날의 기억이 너무도 끔찍해 한동안 두만강 근처로 다가가지 못했다. 할 수 없이 또 다시 거리의 꽃제비로 구걸이 시작되었다. 그 일로 혜상이는 덜컥 임신을 했고 이듬해 2004년 봄 열여덟 살, 제비꽃같은 나이에 차디찬 폐가 땅바닥에서 원치 않는 아기를 낳아야만 했다.

　"응애……! 응애……!"

　난생 처음으로 아기에게 젖을 물린 어린 혜상은 알 수 없는 눈물이 끝없이 흘렀다. 핏덩이가 울 때마다 어린 혜상의 젖이 도느라, 불에 데인듯 욱신거리고 아팠다. 너무도 일찍 엄마의 몸이 된 혜상의 젖몸살이 심해질수록 두만강 물줄기보다 더 힘찬 모성이 아기에게로 흘러갔다. 태어난지 며칠 안 된 핏덩이는 수시로 젖을 달라 보챘고, 그런 순간마다 둘은 간이 오그라들었다. 인민보안부 수비대의 순찰이 갈수록 심해지는 판에 아기의 울음소리는 그들의 죽음과 맞닿아 있었다. 설희와 혜상이는 젖먹이가 울어 더 이상 데리고 다닐 수 없었다.

"거기 숨은 거이 뉘기네! 날래 나오라우!"

낡고 헤진 거적문 안으로 보안부 모습보다 시커먼 총구가 먼저 뚫고 들어왔다. 둘은 망설임 끝에 헛간에 핏덩이를 눕혀놓고 뒷문으로 도망 쳤다. 혜상이 누워 젖을 물렸던 볏짚 더미에 묻은 핏물에서 김이 모락모락 솟아올랐다. 그 위에 홀로 남겨진 아기가 자지러지게 울었다. 그때 두 아이를 쫓던 인민보안부가 아이 울음소리에 이끌려 모두 헛간 쪽으로 수색방향을 돌렸다. 기구하게 태어난 핏덩이가 두 소녀의 목숨을 살린 날이었다. 설희와 혜상은 본능에 이끌려 두만강 쪽으로 무조건 뛰었다. 몸을 푼 지 얼마 안 된 혜상이 젖이 불어 그 통증으로 잘 뛰지 못했다. 다 낡아 헤진 누런 셔츠에 새어 나온 젖이 흥건히 스며, 해바라기처럼 커다란 얼룩이 활짝 피어났다.

'아기는 어케 됐을까⋯⋯?'

허겁지겁 도망치는 혜상의 마음이 캄캄했다. 한참을 도망치던 둘은 누가 먼저랄 것 없이 갑자기 걸음을 멈췄다. 둘은 서로의 눈을 잠시 바라보았을 뿐, 아무 말도 하지 않았다. 아기를 낳고 조리를 하지 못한 혜상은 몹시 지쳐 있었다.

'혜상이에게 뭔가를 먹여야만 할낀데⋯⋯.'

설희는 도망가는 길에 밤을 틈 타, 길 가에 있는 당간부집 담을 넘어 들어갔다. 그곳 부엌에서 삶은 감자와 소금을 훔쳐 봉지에 꽁꽁 싸매 허리춤에 차고 달빛에 의지해 무조건 두만강 쪽으로 뛰었다. 아직 본격적인 우기가 아니어서 수심이 깊지 않은 게 천만다행이었다. 두만강은 강폭이 좁고 다른 강에 비해 평균수심이 얕았다. 강을 건너 중국 국경부근에서 조금만 가면 연변 조선족 자치주와 가까웠다. 설희는 예전에, 중국에 가면 두만강 주변 조선족들이 탈북민들에게 비교적 호의를 베푼다는 이야기를 어른들에게서 들은 기억이 났다.

"혜상아, 저 강을 무사히 건너기만 하믄 우린 자유를 찾는 기야. 날래 가자! 저 너머로 가자우! 어케든 살아서만 건너가자우! 이 강을 살아서 건너가믄 그 짝은 조선족들이 많아서리 숨을 곳도 충분할 기야. 자 어케든 날래 가자!"

"설희야……. 내래 젖이 불어서, 너무 뜨겁고 아프구나야."

혜상은 마치 곧 터질듯 한 커다란 풍선 둘을 가슴에 품은 듯했다. 혜상의 젖몸살이 목덜미까지 퍼져 얼굴까지 벌겋게 열이 오르고 있었다.

저 멀리 초소 뒤로 낮게 깔린 서녘노을이, 얼큰한 고추장수제비처럼 들끓었다. 노을 속에서 국경수비대 인민군이 총을 메고 어슬렁거리는 모습이 보였다. 인민군 하나가 낯이 익었다. 작년 여름에 설희를 겁탈했던 그 놈이었다. 악몽이 떠올라 미간이 일그러진 설희는 고개를 숙이고 아랫입술을 꽉 깨물었다.

풀숲에 몸을 숨긴 설희와 혜상은 경비대가 구역을 순회하러 잠시 사라진 틈을 타 살금살금 물속으로 숨어들었다. 며칠 전 내린 비로 강물은, 중심부로 갈수록 점점 더 깊었다. 보안경비대가 순찰에서 돌아오기 전 둘은 빨리 두만강을 건너야만 했다. 부유했던 시절 간간히 수영을 배웠다던 혜상은 제법 헤엄을 잘 쳤다. 동네 냇가에서 개헤엄만 쳐 본 설희는 수심이 점점 깊어지자 공포감으로 허우적대기 시작했다. 보다 못한 혜상이 안간힘을 쓰며 한쪽 팔로 물속으로 가라앉는 설희 몸을 떠받쳐주었다. 둘은 그렇게 죽을힘을 다해 두만강을 건넜다. 혜상은 헤엄이 서툰 설희를 부축하며 건너느라 이미 기진맥진해 있었다. 잠깐이면 건널듯 한 강폭이었지만, 눈앞에 손에 잡힐듯 하면서도 중국 땅이 아득히 멀었다. 둘은 수없이 잠수하고 강물을 삼키며 사력을 다해 헤엄쳤다. 어느새 새벽 푸른빛이 강변에 안개처럼 가득했다. 지옥같은 물속에서 얼마나 허우적댔을까…. 드디어 앞서 헤엄치던 설희의 발밑에 모래와 자갈이 느껴졌다.

'살았다! 우리가 드디어 두만강을 건넜구나야!'

혜상이와 설희가 중국 쪽 둑방을 엉금엉금 기어올랐다. 앞서 달리는 설희를 따라 혜상이 힘겹게 달렸다. 북쪽 당간부 집에서 훔쳤던 감자와 소금은 강물이 삼킨 지 이미 오래였다. 바로 그때.

'탕-!'

'윽–!'

앞서 달리던 설희의 종아리 쪽으로 따뜻한 뭔가가 튀었다. 그것은 누군가의 살점이었다.

출산 후 회복도 안 된 몸으로 뒤 따라가던 혜상이 총에 맞고 말았다. 달리던 혜상이 맥없이 억세 밭 위로 고꾸라졌다.

"안 돼! 야, 정신 차리라! 혜상아. 야!"

"서, 설희야……. 나 좀 사, 살려 줘……."

"혜상아! 정신 좀 차리라! 이 쫑간나! 죽지 말라우! 니래 이 대루 죽으면, 그땐! 내가 정말 죽여버리가서! 알갔네? 눈 떠! 어서 내를 봐! 내 손을 잡으란 말이야!"

"설희야……. 내……, 내는 더는 못 간다……. 니라두 어서 도망쳐……. 어, 어서……."

혜상이 등 쪽 갈비뼈를 관통한 총알이 앞쪽 뱃속까지 휘저어 놓았다. 관통상을 입고 풀밭에 쓰러진 혜상이 괴로운 얼굴로 힘겹게 설희를 바라보았다. 극심한 고통으로 숨을 헐떡일 때마다, 혜상의 배에서 흘러나온 검붉은 창자가 화려한 꽃뱀처럼 꿈틀거렸다.

"설희야……. 너, 너무 아……파……. 제발 내 좀 살려……."

실오라기처럼 가늘어진 혜상의 숨이 더욱 거칠어졌다. 경련으로 떨리던 혜상의 손이 설희의 허벅지를 날카롭게 움켜쥐었다.

"아악-!"

생살이 뜯겨나가는 듯한 통증에 설희는 그만 자신도 모르게 비명을 질렀다. 마지막 힘을 다해 본능적으로 움켜쥔 혜상의 손에 설희의 허벅지 살이 잡혔던 것이다. 혜상의 눈에는 이미 흰자위가 가득했다. 설희가 놀란 얼굴로 급히 혜상을 품에 끌어안았다.

"설, 설희야……. 내는 틀렸다……. 니래 만약 무사히 탈출하믄, 아기……, 우리 아기 좀…… 찾아 봐 주라마……."

"어, 기래! 약속할게! 알았으니까니 힘내라. 죽지 마라……. 혜상아 제발 죽지 마…….

극심한 통증으로 온몸에 경련이 일 때마다, 혜상의 가슴에서 뜨거운 젖이 흙투성이 옷자락에 울컥울컥 배어났다. 설희의 허벅지를 움켜쥔 혜상의 손에서 점점 힘이 빠져나가더니 땅바닥으로 툭, 떨어져 내렸다.

멀리 두만강 건너편 검푸른 미명 속에서, 국경수비대가 또 다시 총구를 겨눴다.

"혜상아! 내가, 꼭 다시 올 테니까니. 니 무서워두 조금만 참으라우!"

설희는 강 건너편 인민군의 총구를 피해, 급히 억새풀 사이로 몸을 숨겼다.

'탕-!'

다급하게 풀을 뜯어 식어가는 혜상의 몸을 숨겨놓고 가파른 강둑을 기어 올라갔다.

'탕-!'

그 순간 설희는 어떡하든 살아남고 싶은 한 마리 짐승 같았다. 달리는 동안 혜상이가 자신의 허벅지를 붙들며 살라 달라 애원하던 간절한 눈빛이 떠올랐다. 설희는 산짐승처럼 새벽어둠을 가르며 이를 악물고 쏜살같이 조선족이 산다는 산 쪽으로 내달렸다.

한낮이 되자 공중의 태양은 거짓말처럼 평화로웠다. 간밤의 사건은 두만강 강바람에 묻혔는지 고요했다. 다만, 물 이쪽과 저쪽을 사이에 두고, 팽팽한 침묵을 마주하고 있을 뿐이었다. 새벽에 어딘가로 급히 도망쳤던 설희가 한밤중에 들고양이처럼 다시 강변에 나타났다. 설희는 웬일인지 한쪽 다리를 절고 있었다. 그녀는 중국국경 강둑에 싸늘하게 누워있는 혜상의 시신을 구덩이를 파고 묻어주었다. 둥글게 무덤을 만든 후 개망초와 참나리꽃 한줌을 꽂아주고 돌아서 저만큼 가던 설희는 돌아와 무덤을 다시 파헤쳤다.

'내 너를 두 번 죽게 놔둘 순 읎지비. 혹시 누군가가 너를 파

헤쳐 뜯어먹을지 어케 알갔네.'

설희는 망설임 끝에 불룩하게 만들었던 혜상의 무덤을 다급하게 허물었다. 봉분을 없애고 평평하게 흙을 펴서 발로 다지고 그 위에 돌을 얹었다. 그녀는 목이 부러진 들꽃들을 그 위에 흩뿌려주었다.

"혜상아, 내 꼭 니를 다시 찾으러 온다이. 알갔나? 내 꼭, 그 아기도 찾을끼야. 이렇게 약속하지비."

설희는 둑방의 커다란 미루나무로 그곳 위치를 가늠했다. 혜상이 묻힌 지점을 머릿속에 또렷이 새겨두고 눈물을 훔치며 돌아섰다. 그날 설희는 가파른 둑방을 기어오르다 그만 녹슨 철근 조각에 허벅지를 깊숙이 찔렸다. 그녀는 상처를 돌볼 새도 없이 밤마다 죽을힘을 다해 남으로 남으로 내려갔다.

오른쪽 허벅지의 통증은 그때부터 시작되었다. 철근에 찔린 그곳은 파상풍으로 덧났고, 넓적다리 한쪽 전체가 썩고 곪아갔다. 다리를 절며 설희는 여러 나라를 돌며 8000㎞를 거쳐 가까스로 탈북에 성공했다. 중국과 몽골 국경을 넘어, 2010년에 꿈에 그리던 한국으로 들어오는 데 성공했지만 그녀의 허벅지는 이미 되돌릴 수 없는 지경에 이르고 말았다. 설희는 안성 하나원에서 교육을 받고, 남한 적응기간을 거쳐 자립을 했다. 2015년까지 5년간 한국에 적응하며 한해도 거르지 않고 친구 혜상이의 제사를 지내온 그녀였다.

"설희씨. 나 박인철형사입니다. 남한 적응은 잘 하고 있지요? 어려운 점 있으면 언제든 얘기하세요."

어느 날 그녀의 담당 형사에게서 뜻밖의 연락이 왔다.

"이번에 탈북한 사람이 마침 설희씨 고향 근처에 살았대요. 한번 만나 볼래요?"

설희는 여러 번의 시도 끝에 극적으로 탈북자 중에 무산쪽 고향사람을 만났다. 그날, 혜상이가 낳아서 버린 갓난아이는 그 폐가에서 북한 경비원이 군홧발로 밟아 작은 두 무릎이 으스러졌다고 했다. 핏덩이는 결국 그 자리에서 죽었고, 다음날 밤, 그 아기의 시체를 동네 누군가가 몰래 가져가 가마솥에 삶아먹었다는 끔찍한 소문을 설희에게 들려주었다.

실성한 듯 집에 돌아온 설희는 새벽 늦게야 잠이 들었다가 악몽을 꾸고 벌떡 일어났다.

어두운 산속에서 그녀는 누군가에게 쫓겼다. 그녀가 핏덩이를 안고 산속으로 도망치다 포대기 속의 아기를 살펴보았다. 방금 전까지 설희를 보며 방긋거리던 아기는 간데없고, 그녀 품에는 검게 썩은 해골바가지가 덩그러니 안겨 있었다.

"으아악-!"

설희는 혼비백산하며 그것을 땅바닥에 내집어던졌다. 그녀가 자신의 비명소리에 놀라 잠에서 깼다. 창백한 그녀 얼굴은 악몽에 시달려 식은땀이 흥건했다. 머리맡에는 병원에서 처방 받은 수면제 약병이 쓰러져 있었다. 힘겹게 몸을 일으킨 그녀가 거실로 나와 털썩 주저앉았다.

"흐흐흑! 아─악!"

그녀는 실성한 여자처럼 머리를 풀어헤치고 한참을 울부짖었다. 밖은 출근하는 사람들과 등교하는 학생들로 소녀들의 웃음소리와 평화로운 인기척이 들려왔다. 설희는 힘겹게 일어나 아침밥상을 차렸다. 전기밥솥을 열고 밥을 푸려다 그녀가 갑자기 소름끼치게 비명을 질렀다.

"아악─! 저리가!"

밥솥 안을 들여다보던 설희의 눈에, 오래전 폐가에서 인민보안부에게 밟혀 죽은 갓난아기의 얼굴이 보였다. 방금 지은 밥알이 아기 입 속에서 구더기로 돌변하더니 우글거리며 수없이 밥솥 밖으로 기어 나오기 시작했다. 그 벌레들은 마치 팝콘처럼 부글부글 기하급수적으로 부풀어 오르고 있었다. 밥솥에서, 싱크대로, 싱크대에서 다시 거실바닥으로 떨어진 그것들은 그녀의 발등과 종아리를 타고 허벅지로 꾸물꾸물 기어 올라오는 환상이 보였다. 수천수만 마리였다. 설희는 미친 듯 자신의 머리채를 잡아 뜯으며 짐승처럼 울부짖었다. 참다 못한 그녀가 거실벽에 걸린 전신거울을 향해 밥솥을 거칠게 집어 던졌다.

'쨍그랑!'

산산조각 난 유리파편들이 거실바닥으로 유성처럼 내리꽂혔다. 온통 아수라장이 된 거실. 중력을 가진 것들이 모두 조용해지자, 미세한 먼지들만이 아침햇살 속에 창백하게 허공을 떠다녔다.

'위잉-. 위잉-. 위잉-.'

바로 그때, 어디선가 곤충의 날갯짓이 들려왔다.

'위잉-. 위잉-. 위잉-.

커다란 곤충이 간절한 자유를 향해, 필사의 날갯짓을 하는 듯한 소리였다. 설희는 초췌해진 몰골로, 들려오는 소리의 끈을 따라 시선을 돌렸다.

'위잉-. 위잉-. 위잉-.

거울유리 파편들이 가득한 거실 바닥에 떨어진 핸드폰 진동이 끝없이 울리고 있었다. 박인철 형사였다. 박형사는 탈북민 정착지원센터에서 배정해 준 설희의 매니저였다. 설희가 자유대한민국에서 잘 정착할 수 있도록 돕는 임무와, 탈북자가 북한 인권 최악의 실태를 폭로하는 공식 기자회견장마다 에스코트를 해주는 것도 그의 임무였다. 설희는 정신을 가다듬으며 손가락을 뻗어 간신히 전화를 받았다.

'설희씨, 좋은 아침~. 간밤엔 잘 잤죠? 오늘 북한인권운동 기자회견 있는 날인 거 잊지 않았죠? 방송국 카메라 기자들도 많이 온다니까, 예쁘게 준비하고 있어요. 지금 윤형사랑 같이 설희씨 태우러 가는 중입니다. 잠시 후에 만나요.'

어수선한 기자회견 세트장. 설희는 보름 전 박형사가 백화점에서 골라준 흰 원피스에 주홍빛 웨지 힐을 신고 있었다. 그녀는 마치 고급 원피스와 하이힐로 밀폐된 감옥에 감금된 듯 어색하고 슬퍼 보였다. 그녀를 중앙에 두고, 커다란 감시망처럼 포진한 외눈박이 금속조명들. 긴장한 설희는 현장에서 생포된 작은 새끼짐승처럼 불안에 떨었다. 몇 번의 시뮬레이션 후, 마이크와 함께 설희를 향해 엄청나게 눈부신 조명이 파밧, 쏘아졌다. 조명이 어찌나 밝은지, 긴장한 그녀에게 날카롭고 예리한 작살처럼 날아와 박혀들었다. 순간 설희는 자신도 모르게 두 손으로 빛을 가리며 고통스럽게 눈을 감았다. 한발도 물러서지 않겠다는 듯, 포위망처럼 둥글게 가로막은 기자들의 눈초리. 그들은 수십 발의 불화살처럼 아프고 괴로운 질문을 그녀에게 날리며 공격을 시작했다.

"K일보 임희철 기잡니다. 그렇다면 그때 북한 국경 수비대 병사한테 순결을 빼긴 것인가요? 힘으로는 당하기 어려웠을 텐데, 어떻게 그 상황에서 도망쳤나요? 그리고 쓰레기더미를 뒤져 구더기가 바글대는 썩은 감자를 드셨다고 했는데, 그게 사실인가요?"

"D일보 김한식 기잡니다. 그때 강간당한 후 거리에서 애를 낳았다는 설희 씨 친구는 지금 살아있다면 몇 살이죠? 그리고 그 밟혀 죽은 아이는 지금 살아있었다면 몇 살쯤 된 건가요?"

"J일보 정나미 기잡니다. 그 때 인민군 군홧발에 밟혀죽은 신생아를 동네사람들이 솥에 삶아먹었다는 소문을 듣고 당시 기분이 어땠나요? 혹시 지금 이 방송을 보고 있을지도 모를 북한사람들에게 한 말씀 해 주시죠."

"S일보 박병신 기잡니다. 혹시 설희씨도 탈북과정에서 배가 고파 남몰래 인육을 먹어 본 적 있으신가요? 있었다면 어떤 맛이었나요? 이 자리에서 솔직하게 말씀 좀 해 주시죠."

기자들은 그녀가 가장 꺼내기 싫은 악몽들만 집요하게 캐물었다. 그 부분만 잘라낼 수 있다면, 죽음처럼 까맣게 지우고 싶은 기억들. 그들이 궁금한 것은 바로 그 지점에 있었다. 설희는 사나운 맹수처럼 인정사정없고 불편한 질문들로부터 탈출하고 싶다는 욕구가 치밀었다. 때로는 수치스럽고 때로는 괴로운 질문들은 어딜 가나 단골이었다. 그녀는 그때마다 마치 전장의 무수한 총알이 자신의 온몸을 관통하고 가리가리 찢는 듯한 고통이 밀려왔다. 그러나 그것은 설희의 사정일 뿐, 북한인권 최악의 실상을 남한사회에 알린다는 명목 하에 회견장에 세워진 그녀는 선택사항이란 처음부터 없었다. 그녀는 오로지 최선을 다해 답변해야 하는 역할만 철저히 주어졌다. 기자회견장은 갈수록 뜨거운 열기로 가득했고 질문들은 점점 더 순서 없이 날아와 설희를 질식시켰다. 그녀는 천천히 눈을 감았다.

'야! 이 종간나새끼들아! 그만 하자우! 제발 좀 그만하자우! 한두 번도 아니고, 대체 언제까지 이 거지같은 답변을 태엽감은 앵무새처럼 반복해야 하네?!'

설희는 순간, 성난 짐승처럼 벌떡 일어났다. 가슴에 달았던 파란색 마이크를 거칠게 뜯어 기자들 앞에 내던졌다. 앉았던 카키색 패브릭 의자를 신경질적으로 확, 뒤로 밀쳤다. 그녀의 갑작스러운 행동에, 경쟁하듯 질문하던 기자들이 일제히 놀라 일어났다. 그녀가 분노 가득한 얼굴로 자리를 박차고 무대를 내려와 기자회견장 출입문 쪽으로 쏜살같이 내달렸다. 달리는 그녀 뒤로 기자들 수십 명이 마이크와 카메라를 들고 짐승을 사냥하듯 뒤쫓았다. 탈출구를 찾아 필사적으로 달리는 그녀. 한 뼘쯤 열린 출입문 밖으로, 새로운 세상이 보였다. 몇 년 전 두고 온 북한의 고향들판이 바로 기자회견장 문 밖에 펼쳐졌다. 설희는 살기 위해 필사적으로 도망치는 한 마리 짐승처럼 그곳을 향해 몸을 날렸다.

"……설희씨? 설희씨?"

박형사가 설희 쪽으로 다가와 그녀 어깨를 흔들었다. 설희는 마치 꿈속에서 걸어 나온 듯 박형사를 멍하게 올려다보았다.

"설희씨 괜찮아요? 무슨 생각을 그렇게 골똘히 해요? 긴장 돼서 그래요?"

그가 부드럽고 자상하게 설희에게 말했다.

"후후후. 자자, 긴장 푸시고. 어서 기자들 질문에 답해야죠? 다들 기다리잖아요?"

설희는 방금 전까지 펼쳐졌던 자신의 생각 안쪽에서 현실로 붙잡혀 끌려나왔다. 그녀가 기자들 질문에 답변하기 위해 금지된, 기억들을 다시 뒤적였다. 그러고는 다시금 떠오르는 악몽에 찔려 복받치는 울음을 참으며 입을 열었다.

스윗밤 소설집 001

순간 자신도 모르게 다리를 버둥거리며
있는 힘껏 남자를 밀쳤다.
연약한 음부가 몹시 쓰리고 아파왔다.
현관 한켠 싱싱했던 산세베리아
화분이 비명을 뱉으며 엎질러졌다.

루버
걸

"야! 이 씨발년아 너 왜 이제 와? 어? 이년이 진짜 뒈지구 싶어 환장했나."

퇴근해 온 여자를 보자마자 남자가 대뜸 욕을 퍼부었다. 때 아닌 겨울비가 온종일 내렸다. 옥란이 지친 몰골로 현관을 들어서며 우산을 털었다.

"일이 끝난 지가 언젠데 언놈하고 뒹굴다 이제 와?"

그녀가 채 현관문을 닫기도 전, 사내는 먹잇감을 덮치듯 무섭게 달려들어 여자의 멱살을 잡았다.

"아악! 당신, 왜 또 이래요?"

옥란의 손을 놓친 비닐봉지가 검은 새처럼 현관 신발장을 향해 날아갔다.

"이년이, 가만 보면 어느 놈한테 미쳐두 보통 미친 게 아냐!"

또 시작이었다.

"어디! 너, 당장 가랑이 벌려봐!"

백내장으로 누렇게 된 동공은 실성한 듯 허옇게 뒤집혔고 눈빛도 이미 평소의 그가 아니었다. 옥란은 필사적으로 몸부림쳤다.

"어라?! 이게 반항을 해? 당장 벌려봐 이 쌍년아!"

옥란은 다른 것은 다 참을 수 있었다. 그러나 매일 퇴근하면, 남자가 자신의 가랑이를 강제로 벌리고 그 안에 손가락을 집어넣어 직접 확인하고 샅샅이 훑어보는 순간은 정말 죽기보다 치욕스러웠다. 동물취급을 해도 이럴 수는 없었다. 나이 칠십이 넘은 그녀였다. 아무리 물이 끊긴 지 오래된 마른 저수지라 해도 여자로서 그것은 너무도 수치스럽고 비참했다. 이렇게 시달릴 때마다 여자는 남자의 살기(殺氣)등등한 눈알이 날카로운 쇠붙이가 되어 자신의 음부 속을 마구 휘젓는 듯 통증이 느껴졌다.

"야! 에미 붙을 년아? 내가 모를 줄 알아? 니년이 만날 아파트 청소 다닌답시고 경비 놈들이랑 새파랗게 젊은 관리소장 놈이랑 동대표 놈이랑 돌아가면서 그 짓거리 하는 것을 내가 모를 줄 알고? 그래, 오늘은 어떤 새끼랑 붙었냐? 죽여 줘? 미치게 좋디? 너 그 새끼한테 가고 싶지? 그 새끼한테 가고 싶잖아? 어서 말해 이년아! 안 그래? 어디 보자! 하루 종일 나가서 그놈들 개좆으루 얼마나 니년 구녕에다 문질러댔는지!"

"당신 정말 미쳤어요? 저녁 6시에 일 끝나고 곧바로 집에 오는 길이잖아요? 말이 좀 되는 소리를 해요. 제발 미쳐도 좀 고이 미치라고요! 다 늙은 내가 뭔 짓을 하고 다닌다고 이래요 정말…… 동네 창피하게. 흐흑! 이러지 말아요! 제발! 하루 이틀도 아니고 다 늙어 남부끄럽지두 않아요?"

모를 일이다. 처음이었다. 오늘 처음으로 그녀 자신도 모르게 남편을 향해 정면으로 말을 받아쳤다. 다른 날 같으면 꿈도 못 꿀 일이었다. 매일 이렇게 시달려 옥란은 몸을 못 가눌 정도로 늘 피곤했다. 막바지로 몰린 피로가 용감해지는 법을 알려주는지 그녀는 오늘따라 겁이 안 났다.

'철썩!'

남자의 거친 손이 그녀 얼굴로 날아든 순간 눈가에 불꽃이 뻔쩍 일었다.

"그래! 이년아 나 미쳤다! 어쩔래? 지금이 대체 몇 시야?"

"몇 시긴? 15분 지났네요! 상가 슈퍼 들러 찌갯거리만 사고 바로 왔……."

'철썩!'

또 다시 거친 손이 옥란의 뺨을 휘갈겼다.

"니년은 집에 기어들어오면 힘들어 뒈지네 어쩌네 하면서 밖에만 나가면 활개치고 다니는 것 내가 모를까봐? 오냐 그래!

병든 서방 놈 힘 못쓰고 방에만 자빠져 있으니까 그 알량한 돈 몇 푼 번답시고 니년이 허구한 날 갈보 짓 하고 다니는데 내가 안 미치게 됐냐 이년아?"

급기야 또 다시 옥란을 향해 덮쳐오는 남자. 순간 옥란은 힘없이 현관 입구에 널브러졌다. 그녀가 비에 젖은 신을 채 벗기도 전이었다. 몸이 아픈 남자였다. 맹수 같은 이런 힘이 어디에서 나오는지 정말 알 수 없었다. 남자는 쓰러져 무방비 상태가 된 늙은 여자의 아랫도리를 사정없이 끄잡아 내렸다. 신발장 앞에 쓰러진 그녀가 거칠게 반항하자 팬티를 찢더니 거친 손가락으로 음부를 찢어버릴 듯 힘껏 벌렸다.

"아…… 아…… 아파요! 왜이래요 정말! 제발 이러지 말아요……."

순간 자신도 모르게 다리를 버둥거리며 있는 힘껏 남자를 밀쳤다. 연약한 음부가 몹시 쓰리고 아파왔다. 현관 한켠 싱싱했던 산세베리아 화분이 비명을 뱉으며 엎질러졌다. 퀴퀴하고 눅눅한 흙냄새가 옥란과 남자를 뒤덮었다.

"온종일 니년이 돈 번답시고 나가서 어느 놈과 재미 보며 붙어먹고 놀았는지 좀 보자고 이년아! 이리 가랑이 벌려봐 이년아! 니가 떳떳하면 뭐가 문제야 이 씨부랄 년아!"

옥란의 낡은 속옷이 힘없이 찢겨져나갔다. 더 이상 반항 할 힘도 없었다. 온종일 아파트 청소를 하느라 옷이 젖어 눅눅했고 몸은 천근만근이었다. 오늘은 비참함과 또 다른 슬픔이 목을 타고 흘러내렸다. 자신에게 눈물이 아직 남아있다는 것이 신기했다. 순간, 배가 몹시 고팠다. 옥란은 그 상황에 배고픔이 느껴지는 자신에게 분노가 치밀었다.

맥없이 쓰러진 채 가랑이가 벌려진 그녀 주위로 락스 냄새가 둥둥 떠다녔다. 그녀가 아파트청소하다, 집에서 쓰려고 조금 덜어온 락스가 비닐봉지 안에서 터진 모양이었다. 여자는 내일 청소 반장 아줌마에게 락스를 더 배급 받아야겠다고 생각했다. 이 순간에 그런 생각을 하는 자신이 주먹을 휘두르는 남편보다 더 괴물처럼 느껴졌다.

"어! 이년! 이거 봐! 아주 푹 젖었네! 이년이 온 종일 미쳐 좋아서 아주 흠뻑 젖었어!"

"방금 오줌 누고 들어와서 그래요. 말이 되는 소리를 좀 해요 제발! 당신 정말 미친 거 아녜…… 아—악!"

그녀의 말이 채 끝나기도 전이었다. 하체가 벗겨진 늙고 초라한 그녀의 몸. 현관에 비스듬히 구겨진 옥란을 향해 사내의 거친 발길질이 마구 날아들었다.

"야! 이 씨발년아! 내말이 틀려? 내말이 틀리냐고? 너 온종일 병든 서방 집에 처박아 두고 미친 듯이 활개치고 나돌아 댕기니 좋지? 그치? 이놈 저놈 틈만 나면 아파트계단 밑에서 남이 손가락질 하는 줄도 모르고 씹 짓거리 하니까 좋냐 이년아?

좋아? 이 더러운 년아! 그 잘난 주둥이로 말해 봐 이년아!"

남자의 그악스런 손아귀에 옥란의 머리채가 잡혔다. 그녀의 상반신이 힘없이 끌려갔다. 남자는 그녀의 머리채를 끌어다 현관문에 마구 찧었다. 순간 그녀는 머릿속이 곯은 계란처럼 흔들리고 정신이 혼미했다.

숨이 턱에 차고 눈에 핏발이 선 남자가 엉거주춤 일어나 자신의 파자마를 내렸다. 사내의 가래 끓는 소리가 당장이라도 숨넘어갈 듯 헐떡였다. 널브러진 그녀 몸 위로 남자가 올라탔다. 창백하고 거친 숨이 금방이라도 꼴딱 넘어갈 것만 같다. 옥란은 쓰러진 채, 자신의 몸 위로 올라온 남자의 안색을 살폈다. 저러다 뭔 일 치르지 싶어 그녀는 내심 불안해지기 시작했다. 자신의 가슴을 움켜쥔 남자가 고통스럽게 심호흡을 했다. 잠시 정신을 차린 사내가 다시 눈을 부릅뜨고 그녀의 퉁퉁 부은 허벅지를 거칠게 벌렸다. 그의 거친 손이 옥란의 사타구니 어딘가를 정신없이 더듬었다. 그는 옥란의 얼굴을 향해 가쁜 숨을 헉헉 내뱉으며 쓰라린 음부를 집요하게 공략했다. 힘없이 늘어진 남자의 물건이 뜻대로 제 곳을 찾아 들어갈 리 없었다. 옥란은 남편을 밀치며 완강히 거부했다. 그들 부부는 섹스가 끊긴지 이십년도 훨씬 넘은 상태였다.

"야 이년아! 가만 안 있어? 쌍년아! 왜? 나는 그놈들만 못하다 이거냐? 어? 그래?"

한동안 남자가 그녀 위에서 몸을 헐떡였다. 남자는 오래전부터 병을 앓고 있었다. 그것도 한두 가지가 아닌 여러 합병증에 시달렸다. 몸은 날로 쇄약 해져갔지만 사내의 정신은 반대로 심각한 의처증과 치명적인 공격성이 날로 늘어갔다. 남자는 저러다가도 하룻밤에 여러 번 호흡곤란으로 응급실에 실려가곤 했다.

옥란은 남자의 호흡이 가쁜 것에 온 신경이 몰렸다. 아무리 아랫도리를 비벼대도 남자의 늘어진 성기는 옥란의 몸속으로 들어가지 못했다. 한참 후 안 되겠는지 그가 자신의 초라한 성기를 추스르며 몸을 일으켰다. 무엇인가 숨겨왔던 치부를 들킨 듯 난처한 기색이 재빨리 남자의 얼굴을 스쳐갔다. 그것을 무마하려는 듯 남자의 욕설이 또 다시 여자를 향해 날아가 꽂혔다.

"그래! 니 서방 늙고 병들어 좋것다! 이년아! 이게 다 니년 때문이야! 니년이 허구헌날 돌아치며 염장 지르니 내 몸이 이지경이 된 거야! 천벌을 받을 년아! 이년아!"

쓰러진 옥란을 향해 남자가 연거푸 발길질을 해댔다.

"상철아부지 제발 그만 좀 해요! 숨도 가쁜 양반이…… 도대체 언제까지 이럴 거예요?"

"그래! 이년아! 좋겠다! 나 죽을 날만 기다리는 니년인 줄 내가 다 안다! 내가 이렇게 다 돼져가니 오죽 좋냐! 이 더러운 년

이년아! 이 밟아 죽여도 시원찮은 년아!"

옥란은 찢어진 팬티를 주섬주섬 챙겨 천천히 일어났다. 독한 술을 여러 병 마신 것처럼 두통이 밀려왔다. 내일 아침에는 또 얼굴이 퉁퉁 부을 것이다. 머릿속이 깨진 순두부처럼 출렁인다. 정수리 어딘가가 묵직하게 욱신거렸다. 그녀는 주방 쓰레기통에 자신의 찢어진 팬티를 구겨 넣고는.

"저녁 드셔야지요."

수도꼭지를 틀어 손을 씻으며 옥란이 힘없이 말했다.

"퉤! 안 먹어 이년아! 너나 실컷 쳐 먹어! 온종일 돌아치며 씹 짓거리 했으니 배가 오죽 고프겠냐? 니년이나 혼자 아가리에 실컷 처넣어! 이 개도 안 물어갈 년아! 에잇 더러운 년 같으니!"

싱크대에는 남자가 낮에 먹은 그릇들이 담겨 있다. 된장찌개 찌꺼기와 골라낸 청양고추 토막이 싱크대 안에서 말라갔다. 그녀는 그것들을 물끄러미 바라보았다. 문득 손가락이 가려웠다. 낮 동안 너무 오래 락스를 만졌기 때문이다.

남자는 옥란이 아침에 출근을 한 후 혼자 점심을 차려 먹었을 것이다. 온종일 누워 지내는 남자. 그는 텔레비전 보는 것이 유일한 낙이었다. 병원 외에 밖이라곤 나가지 않는. 옥란은 가끔 남자가 답답하리라 생각했지만 어쩔 도리가 없었다. 조금만 걸어도 숨이 턱까지 차오르는 그였다. 아침에 세수만 해도 숨을 몇 번은 고라야 겨우 씻곤 하였다.

바지를 올리며 가쁜 숨을 가다듬은 남자는 산소호흡기가 놓여 있는 안방 침대로 가 누웠다. 나이 팔십을 바라보는 그는 리모컨을 들고 텔레비전 볼륨을 올렸다. 옥란은 바지락 한줌을 넣고 칼국수를 끓였다. 얼큰하게 고추장을 풀고 남자가 좋아하는 청양고추 서너 개도 칼로 다져 넣었다. 침묵이 식빵처럼 부푼 집 안에 매운 냄새가 요란하게 떠다녔다.

"저녁 드세요……."

남자는 아무 말 없이 안방에서 나와 거실에 놓인 밥상 앞에 앉았다. 둘은 마주 앉아 아무 말 없이 칼국수를 먹었다. 남자는 이따금 텔레비전으로 시선을 보냈다. 칼국수 한 그릇을 뚝딱 비우고 나앉는 남자. 이제 곧 그는 이쑤시개를 찾을 것이다. 옥란이 힘겹게 일어나 이쑤시개를 가져다 상에 놓았다. 남자는 아무 말 없이 이쑤시개를 입으로 가져갔다. 쩝쩝대며 입안 구석구석을 쑤셔대는 남자. 상 앞에 다시 앉은 옥란은 칼국수 그릇에서 눈을 떼지 않았다. 미지근한 침묵이 흘렀다.

오늘은 이 정도로 끝나려나보다, 천만다행이라고 그녀는 생각했다. 저녁상을 물리고 씻고 베란다 쪽을 보았다. 건조대에 가지런히 널려있는 빨래들. 남자가 낮에 세탁기를 돌렸는지 빨래는 바짝 말라 있었다. 그는 텔레비전만 보고 있다. 옥란은 온종일 서서 일하느라 퉁퉁 부은 다리가 말을 듣지 않았다. 퉁퉁 부은 종아리에 튀어나온 정맥류가 굵은 갯지렁이처럼 구불거렸다. 그녀는 잠시 쭈그려 앉아 자신의 다리를 내려다보았다. 흉측했다. 자신의 터질 듯한 다리를 보자 서러움이 밀려왔다. 이대로 자면 통증 때문에 내일 일을 못할 터였다.

옥란은 안방 서랍에서 양초와 라이터를 갖고 다시 거실로 와 앉았다. 그녀가 말없이 양초에 불을 붙이자 촛농이 방울방울 떨어졌다. 옥란은 그 뜨거운 촛물을 무릎위에 똑똑 떨어뜨렸다. 무릎 관절 위로 뜨거운 촛농이 떨어질 때마다 옥란은 자신도 모르게 몸을 움찔거렸다. 떨어진 촛농은 잠시 후 하얗게 굳었다. 무릎 위 촛농을 손톱 끝으로 벗겨내고 옥란은 그 행동을 말없이 반복했다. 그렇게라도 해야 다음날 관절이 조금은 부드럽게 움직여지곤 했다.

요 며칠 무릎에 물이 다시 찼는지 풍선처럼 부풀었다. 옥란은 그곳을 손가락으로 지그시 눌러 보았다. 살갗이 부패직전의 생선살처럼 움푹 들어가 나오지 않았다. 옥란은 힘겹게 일어나 마른 빨래를 가져다 갰다. 집 안은 여전히 거대한 강물처럼 침묵이 흘렀다. 그녀는 갠 빨래를 안방으로 가져가 서랍에 넣고 침대로 가 쓰러지듯 누웠다.

방에 불을 끄자 검은 산소통이 무섭게 다가섰다. 어둠 속에서 올려다 보이는 금속 몸체는 더 차갑고 불길했다. 마치 그녀를 감시하는 남자처럼 소름이 돋았다. 몸이 끝도 없는 나락으로 떨어졌다. 머리는 여전히 욱신거렸다. 탁한 통증과 밀려오는 피곤은 각각 다른 생물처럼 그녀를 양쪽에서 잡아당겼다. 옥란은 자신도 모르게 눕자마자 잠이 들었다.

얼마나 잤을까.

"야! 이년아! 너 일어나봐! 이년이 아주 단단히 미친년이네! 당장 못 일어나!"

남자가 거칠게 불을 켜더니 옥란이 덮고 잠들었던 이불을 발로 걷어찼다.

"으음…… 아…… 피곤해…… 잠이 쏟아져 죽을 지경이네…… 아니 왜 그래요……? 피곤해 자는 사람을…… 차아암……."

옥란의 얼굴은 피로에 찌들어 푸석푸석했다. 초췌해진 얼굴로 눈을 찡그리며 힘겹게 몸을 일으켜 앉았다.

"아니. 안자고 왜 이래요 또……."

"뭐? 뭐가 어찌고 어째? 야 이년아? 오늘 낮에 도대체 어떤 놈하고 붙어먹었길래! 이 미친, 정신 얼빠진 년이, 자빠져 자면서도 끙끙거리고 아주 좋아 지랄이야!"

옥란은 참 기가 막혔다. 온종일 얼굴이 붓도록 엎드려 아파트 계단 수십 층을 오르내리면서 청소를 했다. 계단마다 박힌 수십 개의 심주를 쭈그려 앉아 닦고 광을 내고 나면 어지럽고 온

몸이 부어 고통스러웠다. 청소부마다 구간이 정해져 있어 제 시간에 못 마치면 청소 책임자인 김반장의 눈치가 보였다. 늙은 옥란은 그날 간식으로 나눠준 빵을 먹을 시간도 없이 일을 해야 했다. 대부분 청소부 여자들은 그녀보다 열 살 이상 젊은 오륙십 대 여자들이었다. 옥란은 올해 일흔 넷. 젊은 그들 속에서 살아남기 위해서는 죽을힘을 다해야만 했다. 그날 밤, 그녀 자신도 모르게 자면서 고통스러워 신음소리를 낸 것이었다. 자다 그 소리를 들은 남자는 의심의 눈초리로 새벽에 그녀를 깨워 노려보았다.

"야! 이 더러운 년아! 그렇게 좋았어? 어? 아이고 남부끄러워 내가 정말 어디다 말도 못하겠고⋯⋯! 이 갈보년을 어떻게 해야 내 속이 시원하지? 이 쓰레기 같은 년. 이년!"

남자는 한밤중에 여자를 향해 또 주먹을 날렸다. 잠이 덜 깬 여자는 침대모서리에 비스듬히 기댔다가 사내의 주먹을 맞고 쓰러졌다. 여자가 베개에 얼굴을 묻고 흐느껴 울었다.

"아니 대체 내가 뭐가 좋아 신음소리를 냈다는 거예요? 아파서 앓는 소리도 구분 못해요? 제발 사람 좀 그만 괴롭혀요! 그건 죄 안 될 줄 알아요? 온몸이 붓고 아파 죽겠는 사람을⋯⋯ 밤에는 잠을 자게 해야 낮에 일을 하죠! 나도 힘들고 아픈 것 아는 인간이에요! 기계가 아니라고요!"

뒤엉킨 흰머리가 정수리를 덮은 옥란은 눈물범벅이 된 얼굴로 하소연했다. 그녀는 행여 옆집에 들릴까봐 숨죽여 흐느꼈다.

"세상에! 내가 전생에 무슨 죄를 많이 졌길래……! 흑흑! 사람이 잠을 자야 살지, 잠을 자야…… 흑흑!"

남자가 엎드려 흐느껴 우는 옥란에게 조용히 다가오더니, 그녀를 뚫어져라 보았다. 얼굴을 묻고 울던 옥란은 갑자기 주위가 조용해 얼굴을 들다 그만 소스라치게 놀랐다. 사내의 그 눈빛은 인간의 것이 아니었다. 한밤중에 자다 깬 옥란은 온몸이 떨리는 공포를 느꼈다. 그녀는 자신도 모르게 손과 발을 가늘게 떨었다.

"좋았어? 응? 괜찮아…… 안 때릴게 어서 말해봐……. 좋았어? 정말 안 때린다니까? 괜찮아…… 좋았어? 무척?"

남자가 입가에 소름끼치는 미소를 묻히고 그녀를 향해 속삭이듯 물었다. 옥란은 기가차고 어이없었다. 두려움에 차마 사내의 눈을 똑바로 올려다 볼 수 없었다. 눈이 마주치는 순간 무엇이 또 그녀에게 날아들지. 그녀는 밀려오는 잠에 취해 다시 엎드렸다.

"말해봐 이년아! 이 개돼지만도 못한 년아!"

남자가 졸음 가득한 여자의 머리채를 억세게 움켜쥐었다. 옥란의 얼굴이 순간 거칠게 뒤로 젖혀졌다. 피곤해 몸을 가누지 못하는 여자의 눈을 날카롭게 응시하며 남자가 다시 물었다.

"말해보라고! 그놈이 어떻게 해주데? 어? 그 새끼가 니년한테 어떻게 해주데? 이년이 얼마나 좋았으면 지 서방이랑 자빠져 자면서까지 낑낑대고 전 지랄이야! 에라 이 덩적스러운 년! 야! 일어나봐 이년아! 그놈이 어떻게 해 주길래 집구석에만 오면 녹초가 되니? 어? 어떻게 해주더냐고 내가 묻잖아 이 쌍년아!"

남자가 옥란의 머리채를 휘감아 침대 밖으로 내던졌다. 여자가 구겨진 마대자루처럼 침대 아래로 나뒹굴었다. 남자의 손가락 사이에 그녀의 뽑힌 흰 머리카락이 수더분하게 끼어 있다. 여자는 이따금 벽에 기대 꾸벅꾸벅 졸았다. 남자는 여자를 다시 앉혀 놓고 추궁하기 시작했다.

"어땠어? 좋았어? 그 놈이 주둥아리로 쭉쭉 빨아주데? 아주 환장하게? 어? 누군데? 그 배나온 경비반장 놈? 아니면, 머리 벗겨진 207동 동대표 놈? 그놈도 아니면, 젊은 관리소장 놈? 어? 아니면 자식새끼같이 새파란 청소반 김반장 놈? 어느 놈야 이년아! 어서 빨리 말해! 말 하래두? 너, 정말 안 해?"

'쿵!'

남자는 또 다시 옥란을 방바닥으로 걷어찼다.

"야 이년아! 그 새끼가 얼마나 좋았길래! 자빠져 자면서까지 내게서 고개를 외로 틀고 자냐? 내가 그렇게 싫니? 매번 돌아누워 등 돌리고 자빠져 잘만큼 내가 송충이 같지? 그치? 졸지 말구 말을 해봐 이년아! 미친년이 잠 못 자고 뒈진 귀신이 붙

루버걸

었나!"

"상철아부지, 제가 이렇게 빌어요. 그만 좀 해요. 제발…… 나이러다 정말 죽어요……."

"차라리 뒈져 이년아! 남부끄럽게 동네방네 씹 짓거리하며 돌아치지 말구! 차라리 조용히 나가 뒈져! 나가 뒈지라고 이년아!"

남자의 발길질이 다시 날아왔다. 남자는 밤새 그녀의 머리채를 잡고 이방 저 방으로 끌고 다니며 집어던졌다. 옥란의 자식들은 다 출가하고, 집에는 두 사람 뿐이었다. 때로는 자식에게로 도망치고 싶지만, 차마 병든 남편을 홀로 두고 갈 수 없었다. 옥란은 죽음보다 무섭게 달려드는 육중한 피로에 어디든 몸을 기대 눈을 감았다. 죽음처럼 잠이 덮쳐왔다. 실성한 남자는 고래고래 욕을 퍼부었고 말려 줄 사람은 곁에 아무도 없었다. 옥란은 낡은 장롱 문에 기대어 깊은 잠의 나락으로 가라앉았다.

잠결에 인기척이 들린 듯해 놀라 눈을 떠보니 새벽이었다.

"밥 가져와!"

잠도 없는 남자는 어느새 말끔히 씻고 텔레비전 앞에 앉아 있다. 그럴 때마다, 정말 저 남자가 아픈 사람 맞나 그녀는 생각했다. 옥란은 간신히 몸을 일으켰다. 거울을 보니 얼굴 곳곳이 멍들고 눈은 퉁퉁 부어있었다.

'오늘 일을 나가면 보는 사람마다 뒤에서 또 수군대겠지…….'

이젠 어제 오늘 일도 아니었다.

그녀는 남자가 평소 좋아하는 자반고등어로 정성껏 아침상을 차렸다. 동이 트려면 조금은 더 있어야 했다. 낮에 남자가 홀로 먹을 점심상까지 준비하려면 지금처럼 새벽 일찍 일어나지 않으면 지각이었다.

주름 가득한 얼굴에 날짜 지난 화장품을 힘겹게 바르는 그녀. 누런 눈곱이 침침한 눈가에서 실오라기처럼 연실 묻어났다. 가뜩이나 나이보다 훨씬 늙어 보이는 그녀가 오늘은 더욱 병자 같았다. 거울 속 여자는 순간 서글펐다. 무남독녀 외동딸로 자란 그녀. 옥란은 나름대로 친정이 제법 잘 살아 고생을 모르고 살다 남자에게 시집왔다. 그간 55년을 함께 살면서 평생 셋방을 전전했고, 병간호와, 생활고 속에 세월이 흘렀다. 평생 병든 남편 수발과 거친 노동으로 지칠 대로 지친 그녀. 거기에 갈수록 심해지는 늙은 남편의 의처증까지 더해져 그녀 몰골은 날로 초췌했다.

"당신 좋아하는 고등어, 무 넣고 졸여 놨어요. 이따 점심 때 데워 드세요."

남자는 대꾸가 없다.

"저 일가요……."

남자는 텔레비전만 응시 한 채 눈길도 주지 않았다. 옥란은 작업복 가방을 챙겨 현관을 나섰다. 엘리베이터 문 열리는 종소리가 들려왔다.

"안녕하세요? 아주머니. 이 시간에 일 나가시는군요."

"네…… 지금 출근하시나 봐요?"

옥란이 머뭇거리다 옆집 사는 남자와 인사를 주고받았다. 그녀는 정신이 몽롱해 자신이 무슨 말을 하고 있는지도 몰랐다. 방금 닫고 나온 자신의 현관문 안쪽 남자에게 온 신경이 쏠렸다. 옥란이 현관문을 열고 나가자마자 남자는 현관문에 바짝 귀를 대고 서 있었다. 그녀가 누군가와 인사를 나누는 소리에 남자는 재빨리 목욕 의자를 들고 복도 쪽 주방으로 달려갔다. 창문을 반 뼘쯤 열고 은밀히 내다보았다. 옆집 사는 1301호 남자였다. 옥란이 옆집 남자와 나란히 엘리베이터에 타는 모습이 남자 눈에 들어왔다.

옥란이 사는 곳은 영구임대아파트였다. 남편이 아파 정부 혜택으로 4년 전 이곳으로 어렵사리 입주했다. 옥란의 형편을 알게 된 아파트관리소에서 다행히 일자리를 하나 알선해 주었다. 나이가 많았지만 다행히 청소용역 자리 하나를 가까스로 얻었다. 그녀가 사는 건너편 아파트의 계단청소 일을 할 수 있게 된 것이었다. 그곳은 꽤나 넓은 평수의 아파트였다. 집값도 제법 비싸다는 소문이 자자했다. 계단마다 동으로 된 심주가 박혁

있어, 매번 쪼그리고 앉아 18층까지 광을 내느라 무척 고되었다. 그래도 남편의 약값과 생활비에 도움이 되어 얼마나 다행인지 몰랐다. 옥란이 사는 곳은 방 하나에 작은 거실이 딸린 원룸형 서민 아파트였다.

 잠시 후, 목욕의자에서 내려 온 남자는 베란다로 달려가 내려다보았다. 남자의 계산대로 저 아래 1층 엘리베이터에서 내려 현관을 막 나가는 옥란의 뒷모습이 보였다. 남자는 아침마다 여자의 출근동선을 모조리 꿰고 있었다.

남자의 눈이 먹잇감을 미행하며 잠복한 맹수처럼 번뜩였다.

저 멀리, 건너편 아파트로 일하러 가는 옥란의 모습. 그녀가, 모닝커피를 들고 경비실 앞에 앉아있는 경비와 공손히 인사를 나눴다. 그의 눈이 13층 베란다에서 그녀를 따라다녔다. 남자가 목을 길게 빼고 핏발이 선 두 눈을 주차장 쪽으로 향했다. 두 손은 맹수의 발톱처럼 베란다 창틀에 박힌 듯 움직이지 않았다. 힘없이 구부정하게 굽은 그녀의 등. 다리를 절룩이며 그녀가 간신히 걷고 있다. 207동 젊은 동대표가 옥란을 보며 넙죽 인사를 건네는 모습이 남자의 시야에 들어왔다. 옥란은 작업복이 든 가방을 앞으로 모으며 공손히 인사를 하고 지나쳤다. 그녀가 맞은편 아파트에 거의 도착할 쯤 오토바이 한 대가 그녀 가까이 와 멈췄다. 옥란과 오토바이 사내가 반갑게 대화 나누는 모습이 멀리 보였다. 오토바이 사내는 그녀가 일하는 고급 아파트에 살았다. 오토바이 사내는 남자와도 구면이었다. 몇 달 전 남자는 옥란의 손에 이끌려 집근처에 들어선 교회를 한번 나갔다. 오토바이 사내는 그 교회 장로였다. 남자의 눈이 순간 날카롭게 빛났다. 옥란이 건너편에 도착하더니 이내 아파트 건물 뒤로 사라졌다.

잠시 후, 그녀가 하늘색 작업복을 입고 머리에 수건을 쓰고 다시 나타났다. 남자의 집요한 시선은 그녀에게 접착제처럼 들러붙어있다. 젊은, 청소반 김반장이 옥란에게 무엇인가 지시하는 모습이 남자의 시야에 들어왔다. 그녀가 다시 건물 뒤로 사라졌다. 잠시 후 옥란이 다시 모습을 드러냈다. 흰 플라스틱 양동이와 세척제를 배급받아 나온 그녀. 손에 고무장갑을 낀 채 몇 명의 젊은 청소부 여자들과 일렬로 서서 하루 일과 지시를 받고 있다. 잠시 후 청소반 김반장이 그녀와 함께 건물 뒤쪽을 향해 천천히 걸었다. 청소반 김반장이 옥란의 손에서 무거운 물통을 들어주려 하는 모습이 보였다. 멀리 그녀가 청소반장의 도움을 극구 사양했다.

"친 이모님 같아서요."

청소반장은 기어코, 옥란의 물 양동이를 빼앗듯 대신 들고 몇 걸음 앞서 걸었다. 건물 뒤로 나란히 사라지는 둘의 모습. 남자의 눈이 또 한번 번뜩였다.

정오.

그녀가 한명의 청소부와 함께 아파트 1층 계단에 잠시 앉아있는 모습이 남자의 시야에 다시 잡혔다. 옥란은 지금 점심시간이었다. 아침에 인사를 건넨 경비원이 커피 두 잔을 양손에 들고 옥란이 있는 쪽을 향해 걸어가고 있다. 셋은 1층 화단 한켠에 앉았다. 경비실 사내가 옥란과 젊은 청소부 여자를 향해 웃으며 무어라 말했다. 옥란 옆에 있던 청소부 여자가 갑자기 뒤로 넘어갈 듯 자지러지게 웃었다. 옥란도 입을 가리고 빙긋 웃었다. 그녀가 일어나 다 마신 종이컵 버릴 곳을 찾고 있다. 경비실 사내가 냉큼 그 종이컵을 그녀에게서 받아 들었다. 그 광경을 지켜보던 남자의 눈에 또 한번 붉고 날카로운 빛이 번뜩였다.

옥란을 감시하던 남자가 잠시 거실 안으로 들어와 앉았다. 폐암 때문에 한동안 끊었던 담배 한 개비를 꺼내 급히 불을 붙였다. 잠시 후, 무엇인가 생각났다는 듯 그녀가 차려 놓은 상보를 신경질적으로 들췄다. 고등어조림이 뚝배기 속에 얌전히 담겨 있다. 밥을 한 공기 떠, 남자가 상 앞에 앉았다. 남자는 우걱우걱 고등어를 뼈째 씹었다. 뼈가 잘 씹히지 않는지, 수염이 너저분하게 웃자란 입술을 신경질적으로 우물거렸다. 갑자기 밥공기를 한 손에 든 채 재빨리 베란다로 가 어딘가를 주시했다. 이내 다시 돌아와 급히 밥 몇 술을 뜬 후 남자는 상을 밀어 놓고 다시 베란다로 달려갔다. 남자의 손에 습관처럼 이쑤시개가 들려 있다. 어금니 깊숙이 음식물이 끼었는지 이쑤시개를 문 입술은 연실 츱츱거렸고, 눈은 건너편 아파트 사이에서 누군가를 바삐 따라다녔다. 거실 텔레비전은 저 혼자 수많은 말을 늘어놓았다.

현관 입구 산세베리아는 아직 화분 속으로 들어가지 못했다. 현관에 놓인 남자의 슬리퍼에 화분흙이 묻어 있다. 옥란과 남자의 슬리퍼는 서로 방향이 엇갈린 채 흩어져 있다.

오래도록 베란다 밖을 두리번대던 남자가 안방으로 들어가 구석에 있던 산소통을 앞으로 끄집어냈다. 그는 침대 밑 어둡고 깊숙한 곳에서 조심스럽게 무언가를 꺼냈다. 작은 약봉지였다. 이번에는 남자가 일어나 옷장 문을 열었다. 옷장 아래 세 번째 서랍 안쪽을 더듬는 남자의 손. 이내 쌍화탕 한병이 그의 손에 들려나왔다. 남자는 그 작은 움직임에도 벌써 숨이 턱에 차 헐떡였다. 그는 쌍화탕 병과 흰 가루약이 든 봉지를 양손에 들고 거실로 와 앉았다. 숨이 가빠 더는 견딜 수 없는지 남자가 일어나 안방으로 갔다. 그가 눈을 지그시 감으며 산소마스크를 입에 대고 천천히 숨을 쉬었다.
　"산소를 지나치게 흡입하면 자칫 실명할 수도 있습니다. 꼭 필요할 때만."

남자는 문득, 의사 말이 떠올랐다. 호흡이 조금 진정이 된 남자는 서둘러 거실로 나왔다. 가루약을 쌍화탕병 안에 털어 넣고 민첩하게 흔들었다. 갈색 병 안에 든 가루약이 흰 포말을 일으키며 회전했다. 한참을 흔든 후, 손을 높이 쳐들고 병 속 내용물을 확인하는 남자. 약이 다 녹았는지 병 내부가 다시 맑고 투명한 색이 되었다. 남자는 서너 번 더 병을 위아래로 흔들어 섞었다. 베란다에서 거실로 비쳐드는 겨울햇살이 따스했다. 남자는 그 햇빛을 향해 손을 높이 쳐들고 갈색병 안을 한번 더 신중히 비춰보았다. 그는 그제야 만족스러운 듯 미소를 지었다. 남자는 일어나 그 쌍화탕 병을 텔레비전이 놓인 장식장 바로 아래 칸에 단단히 넣어 두고, 다시 베란다로 가서 밖을 내다보았다. 옥란은 보이지 않았다. 남자가 이불장으로 달려가 은밀히 감춰둔 망원경을 꺼내 건너편 아파트를 샅샅이 살폈다. 얼마 후, 옥란이 맡은 구역 아파트계단에 누군가 연실 일어났다 앉았다 하는 뒷모습이 망원경 속으로 들어왔다. 하늘색 작업복을 입고 고무장갑을 끼고 이마의 땀을 닦으며. 그녀가 아직도 청소를 하고 있다.

잠시 후, 젊은 청소부 여자가 그녀에게로 다가가는 모습이 보였다. 둘이 무언가 말을 주고받았다. 남자는 두 여자가 무슨 말을 하는지 몹시 궁금했지만 거리가 멀어 전혀 들리지 않았다.

"아주머니, 오늘 헌옷 함에서 옷 좀 골랐는데 같이 가보실래요? 입을 만한 게 제법 있어요. 부자들이 사는 아파트라 그런지 버리는 옷도 수준이 확실히 달라요. 웬만한 메이커 옷들을 그냥 무더기로 다 버렸더라고요."

"아, 그래요? 그럼 어디 나도 좀 가볼까. 우리 영감 겨울옷이 마땅치 않은데……."

두 여자는 아파트 계단 아래로 함께 사라졌다가 이내 나타났다. 남자의 눈에, 멀리 두 여자들 손에 제법 커다란 비닐봉지가 들려있는 것이 보였다. 거리가 멀어 내용물은 잘 보이지 않았다. 옥란과 청소부 여자가 나란히 아파트 주차장으로 밝게 웃으며 걸어 나왔다. 간밤, 남편에게 맞은 옥란의 걸음은 부쩍 굼떴다.

건물 밖으로 나온 청소부와 옥란의 모습이 남자 눈에 다시 들어왔다. 젊은 청소부 여자가 환하게 웃으며 어딘가로 손짓하는 모습이 망원경 안으로 들어왔다. 남자의 시선은 그 손짓이 가리킨 방향을 집요하게 따라 갔다. 낮에 커피를 타 옥란에게 건네주었던 경비원 사내를 부르고 있었다. 젊은 청소부 여자가 경비원 사내에게 뭐라뭐라 말을 했다.

"경비원 아저씨, 저기 헌옷 함에 옷 좋은 게 제법 있어 빼놨는데, 필요한 것 골라 보실래요? 우리도 지금 옷 고르러 가는 중이예요. 보는 눈이 많아서 저기 계단 밑에 숨겨놨거든요."

말을 마친 젊은 청소부 여자가 옥란과 함께 앞서 걸었다.

"아이고, 그래요? 그럼 나도 어디 좀 가볼까?"

담배를 피우던 경비원 사내가 담배를 비벼 끄고 웃으며 청소부 여자와 옥란의 뒤를 따라갔다. 남자가 멀리서 경비원 사내를 유심히 바라보았다. 남자는 저들의 말이 들리지 않아 답답하다는 생각을 잠시 한다.

"이쪽이에요. 입주자들이 보면 말 나올까봐 여기다 감춰 놨어요. 입을 만한 것들 있나 어서들 골라보세요. 관리소장님이나 부녀회장님 보면 큰일 나요."

청소부 여자가 경비원 사내에게 서두르라며 손짓하고 계단 안쪽으로 사라졌다. 옥란도 웃으며 계단 안쪽으로 뒤따라 사라졌다. 경비원 사내도 뒤따라 계단 안쪽으로 웃으며 사라졌다. 그곳은 낮에도 조금 어둑한 곳이었다. 몸이 달은 남자가 까치발을 하고 그들의 기척을 멀리서 살폈다. 옥란과 청소부 여자와 경비원 사내, 세 사람의 모습이 더 이상 남자의 눈에 보이지 않았다. 남자의 입가에 파르르 전율이 일더니, 묘하고 서늘한 미소가 번졌다. 사내가 까치발을 하고 그쪽을 다시 노려보았다. 옥란과 청소부여자와 경비원 사내의 모습은 그 후로도 한동안 남자의 시야로 돌아오지 않았다.

어느새 거실 괘종시계가 오후 다섯 시 반을 가리키고 있다.

낮에까지만 해도 날이 밝고 겨울햇살이 좋았다. 그런데 오후가 되자 삽시간에 날이 어둑해졌다. 먹구름이 갑자기 몰려들자 초조해진 사내가 거실로 돌아와 담배에 불을 붙였다. 온 세상이 통째로 전기가 나간 듯 실내도 어두웠다. 남자가 어두운 실내에 불을 키려 일어서다 전등이 켜져 있는 것을 보고 다시 앉았다. 텔레비전에서 갑자기 정규방송을 멈추고 뉴스 속보를 내보내기 시작했다.

"…이어서, 방금 들어온 뉴스속보입니다. 기상청은 오늘 저녁부터 새벽까지 경기 중서부와 내륙지방에 한파주의보와 대설주의보를 긴급히 발령했습니다. 아, 이제 잠시 후면 퇴근시간인데, 걱정이네요. 미끄러운 빙판길 사고 없도록 여러분 모두 각별히 주의해 주시기를 당부 드립니다."

화면에는 두꺼운 점퍼와 털모자를 눌러쓴 남자아나운서가 강한 눈 폭풍에 몸을 휘청거리며 거리에서 마이크를 잡고 있다. 순식간에 어두워진 창밖은 이내 거짓말처럼 탁구공만한 눈덩이가 허공을 날아다녔다. 천지가 개벽할 듯 몰려드는 눈 폭풍. 돌풍을 동반한 눈보라가 열린 베란다 안으로 모래바람처럼 휘몰아쳤다. 다급히 텔레비전을 열고 나온 대설경보가 거실을 뛰어다녔다. 눈 폭풍은 얼마 안 가 온 천지를 뒤덮었다. 이대로 간다면 오늘 밤 안에 세상 전체가 거대한 눈 무덤에 묻힐 기세였다.

한기를 느낀 사내가 겉옷을 하나 더 걸치고 베란다 밖을 다시 내다보았다. 옥란이었다. 계단 밑으로 사라졌던 그녀가 다시 나타났다. 찢어진 곳을 박스테이프로 덕지덕지 붙인 커다란 검정비닐봉투가 그녀 손에 들려있다. 그녀가 남편에게 입힐 겨울옷을 헌옷 수거함에서 골라 담아 퇴근하는 모양이었다. 휘몰아치는 눈 폭풍 속에 쓰러질 듯 휘청거리며 검정봉투를 품에 안고 이쪽을 향해 걸었다. 거센 눈보라에 맥없이 떠밀리는 그녀의 작은 몸. 비닐봉지를 놓치지 않으려 안간힘을 쓰는 여자의 몸짓이 보였다.

거리는 잠깐 사이, 형체도 알아볼 수 없을 만큼 눈이 덮여갔다. 하얗게 눈으로 뒤덮인 여자의 모습이 눈보라 속에 흐릿흐릿 나타났다 사라지기를 반복했다. 곳곳에서 외투 깃을 단단히 세운 행인들이 발 빠르게 귀가하는 모습들. 옥란의 모습이 점점 가까워질수록, 사내의 눈에 알 수 없는 불빛이 활활 타오르기 시작했다.

거세게 밀려드는 눈 폭풍으로 베란다 창문이 깨질듯 흔들렸다. 잠시 열어 둔 거실안쪽까지 눈이 들이쳐 장판에 물이 흥건했다. 베란다 밖을 살피던 남자 머리에도 눈이 하얗다. 남자의 겉옷이 벗겨질 듯 눈 섞인 강풍에 펄럭였다. 얼굴로 들이치는 눈보라가 남자의 뺨을 후려쳤다. 사내는 베란다 창문을 있는 힘껏 밀어 닫고 신중하게 문고리를 잠갔다. 복도를 향해 나 있는 쪽창문도 단단히 닫아걸었다. 유리창으로 날아든 눈 폭풍이 순식간에 베란다 유리를 밀봉하듯 하얗게 뒤덮었다. 이제는 전혀 보이지 않는 바깥세상. 남자가 어딘가로 짧게 전화를 걸었다.

"큰애냐? 애비다. 아부지가 늘 누워있자니 너무 답답해서 마지막으로 며칠 바람 좀 쐬려구, 아침 일찍 느 엄마랑 해남에 내려왔다. 그런 줄 알고 당분간 집 비더라도 걱정하지 말거라. 그랴. 이왕 내려온 거, 눈 다 녹으면 천천히 올라가지 뭐. 알았다. 올라가서 연락 하마. 끊는다."

서둘러 전화를 끊은 사내. 지금쯤 여자가 1층에서 엘리베이터를 탔으리라 짐작하며 시계를 봤다. 엘리베이터가 13층까지 올라오는 시간은 그리 오래 걸리지 않았다. 고요히 눈을 감고 앉은 남자가 속으로 초를 쟀다.

'8초   7초   6초   5초   4초   3초   2초 1초'

현관문이 느리게 열렸다. 옥란이 머리에 눈을 하얗게 들쓰고 퇴근했다. 남자는 재빨리 낮에 준비해 둔 쌍화탕을 바지주머니에 넣고 반기며 일어섰다.

"아구, 임자 고생했네."

갑작스러운 남편의 부드러운 목소리. 그는 간밤과 달리 전혀 딴사람처럼 살가웠다. 신을 벗던 옥란은 순간 몹시 의아해

힐끗 남자의 눈치를 살폈다. 최근 들어 남편에게서 전혀 들어보지 못했던 다정한 목소리가 너무 낯설었다. 다정한 목소리와 달리 남자의 눈빛은 초점이 없고 얼음장처럼 차가웠다. 남자는 옥란을 향해 자상하고 따뜻한 미소를 지었다. 사내가 그녀 손에 들려있던 검은 비닐봉투와 작업복 가방을 받아들었다.

"춥제? 갑자기 웬 눈이. 에그 임자 고생했네. 이런, 옷이 눈보라에 다 젖었네. 감기몸살 걸리면 큰일 나. 오늘밤 한파주의보와 대설주의보라고 속보 나왔어. 얼마나 밤새 퍼부으려는지 원."

옥란이 지친 듯 거실로 들어서며 남자를 멍하니 바라보았다. 남자가, 여자 손에서 건네받은 보따리를 거실 한쪽에 내려놓았다.

"임자 온종일 추운데서 일하느라 피곤했지? 어여 씻고 따뜻하게 푹 좀 쉬어."

"네? 네에……."

생전 안 하던 짓을 하는 남자. 옥란이 고개를 갸웃하며 방으로 들어갔다. 그녀가 갈아입을 옷을 손에 들고 욕실로 향했다. 온종일 추위에 떨다 따뜻한 데 들어오자 동상 걸린 손발이 몹시 가려웠다.

"아참. 임자 오면 주려고 쌍화탕 한 병 사났어. 자, 어여 쭉 마시구 씻어."

병뚜껑을 열어 남자가 여자에게 건넸다. 옥란은 사내의 행동에 잠시 머뭇거렸다.

'이 양반이, 오늘따라 왜 이래? 안하던 짓을 다하고. 불편하고 어색하지만, 그래 최대한 자극하지 않는 게 상책이야. 근데, 진짜 왜 저래? 차암, 영문을 알 수가 없네……'

옥란이 속으로 다짐한 듯 살갑게 웃으며 남편에게 다가갔다.

"안 그래도 몸살이 오려는지 으슬으슬 안 좋았는데. 잘 마실게요. 오늘은, 쌍화탕 마시고 몸 좀 씻고 일찍 뜨끈하게 좀 자야겠어요."

옥란의 손에 남편이 건넨 쌍화탕 병이 들려있다. 남자가 부드럽게 재촉했다.

"어여 쭉 마셔. 마시고 들어가 개운하게 씻고 나와."

욕조에 온수가 받아지는 동안 그녀는 남자가 준 쌍화탕을 달게 마셨다. 그걸 바라보는 남자의 미소가 방금 전보다 더 환해졌다. 어느새 욕조의 물은 절반을 넘고 있었다. 욕실로 들어간 옥란은 양치질을 하고 욕조에 들어가려, 비누로 몸을 씻었다. 바로 그때.

'쿵!'

옥란이 갑자기 목을 움켜쥐며 욕실바닥으로 고꾸라졌다. 쓰러지면서 머리를 부딪쳐 피가 흘렀다. 목안에서 타는 듯한 통증이 밀려왔다. 옥란이 자신의 목을 움켜쥐고 몸을 비틀며 욕실

바닥으로 나뒹굴었다.

"여보. 나 좀…… 나 좀, 살려줘요……."

간절한 그녀의 외침은 목소리가 되어 나오지 않았다. 남자가 거실에 앉아 닫힌 욕실 문을 노려보았다. 이따금 욕실 안에서 몸부림치는 기척이 들렸다. 남자의 입가에 묘한 미소가 번졌다.

"여보…… 으흐……억! 여, 여보……."

'우당탕……! 첨벙!'

욕실에서 뭔가에 부딪히며 쓰러지는 둔탁한 소리. 욕조에서 물이 철철 넘치는 소리도 들렸다. 싱크대 수납장에서 남자는 낡은 도깨비방망이를 꺼냈다. 사내가 그것을 꺼내들자 손잡이에 연결된 긴 전선코드가 창백한 내장처럼 딸려 나왔다. 투박한 그의 손에 멱살 잡힌 욕실 문이 저항도 못한 채 스르르 열렸다. 욕실은 뜨거운 수증기로 인해 한치 앞도 잘 보이지 않았다. 핏물이 남자의 발밑을 지나 붉은 리본처럼 너풀거리며 하수구로 흘러들었다. 쓰러진 채 의식이 없는 옥란의 머리에서 계속 피가 흘렀고, 입안에는 거품이 가득했다. 목화솜처럼 하얀 거품은 동공이 뒤집힌 여자의 주름진 턱 선을 타고 느리게 흘러내렸다. 남자가 도깨비방망이의 코드를 욕실 콘센트에 깊숙이 꽂고 버튼을 눌렀다.

'윙……! 윙……!'

은색의 예리한 칼날들이 이빨을 보이며 어서 먹잇감을 달라고 아우성쳤다. 그것은 하나의 차가운 괴물과 같았다. 남자가 오른손에 분쇄기를 움켜쥐고, 왼손은 침침한 수증기 속에서 여자의 음부를 천천히 더듬었다. 입가에 묘한 미소를 흘리며, 옥란의 얼굴을 지그시 내려다보는 사내. 밖은 점점 더 거센 눈 폭풍이 몰아쳤다.

반쯤, 열려있는 욕실 문. 욕실에 가득 찼던 희끄무레한 수증기가 발목 없는 유령처럼 거실로 흘러나갔다. 주술에 걸린 듯 수증기에 점령당한 그 집. 욕실 안쪽에서 머리 풀고 나온 역한 피비린내가 귀신처럼, 온 집안을 떠다니기 시작했다. 눈은 밤새 그칠 줄 몰랐다.

*루버 걸-
남성용 섹스토이.
실물크기 여자 나체로, 실리콘 재질의 여성 성기가 부착된 공기 주입식 풍선.

그녀가 입고 있던 솜바지 속에서는 전혀
입에도 못 댄 차디찬 고구마 두 개와 돌덩이처럼
얼어버린 총각김치가 서로 뒤엉킨 채,
동물의 벌건 내장처럼 쏟아져 나왔다.

겨울 논

"그래서 너는 내일 못 간다고?"

"음, 언니 미안해. 내가 아직 차에 물건이 많이 남아서……. 그것 며칠 안에 못 팔면 다 버려야 하거든……."

"하이고…… 참. 왜 너는 만날 사는 게 그 모양이니? 아주 내가 다 지겹다. 지겨워. 휴, 알았다. 그럼 할 수 없지 뭐. 나 혼자 다녀와야 겠네. 이만 끊자."

효원은 친정언니의 전화를 받고 마음이 무거웠다. 친정엄마가 허리 수술을 한다는데 이번에도 또 못 가보게 된 셈이다. 효원은 오래전 무능한 남편과 이혼을 하고 딸 현아와 단둘이 살고 있다. 밖에는 지금 겨울밤이다. 전화를 끊은 그녀가 두꺼운 목장갑을 끼고 목도리를 두르고 밖으로 나갔다. 대문도 없는 을씨년스러운 마당 한가운데 있는 파란 화물차로 다가가 주황색 천막을 말아 위로 묶었다.

"엄마, 뭐해?"

자기 방에서 창문을 열고 딸 현아가 내다본다.

"음. 이것들 좀 방으로 옮겨 녹이려구. 찬바람 들어간다. 어서 창문 닫아."

"사과와 귤이 또 얼었어?"

"음, 온종일 시골 산동네로 끌고 다니다보니 날이 워낙 추워서 또 얼었네. 현아야 어서 창문 닫아. 감기 들라."

"엄마, 내가 도와줄까……?"

"아니야. 네가 무슨 힘이 있다고……. 엄마 혼자 해도 돼. 어서 문이나 닫아."

"알았어."

효원은 화물차 적재함으로 뛰어 올라가 돌덩이처럼 달그락대는 귤박스와 사과박스를 골라냈다. 그녀가 목장갑 낀 손으로 팅팅 얼어버린 과일들을 매만졌다. 빛깔 좋았던 주홍빛 귤도 빨간 부사사과도 모두 얼어 멀건 투명 빛이다.

'큰일이다……. 이것들이 오늘밤에 다 녹아야 내일 내다 팔텐데…….'

밤이 깊어지자 일기예보대로 눈송이가 날리기 시작했다. 효원은 추위에 몸을 움츠리고 콧물을 훌쩍이며 하늘을 올려다보았다.

　'오늘 밤 눈이 많이 오면 안 되는데 큰일이네……. 내일 물건 팔러 갈 산동네 길들이 모두 얼어붙어 화물차가 다니기 힘들 텐데.'

　효원은 작고 왜소한 여자 몸으로 혼자서 과일 행상을 한다. 공장에 다니는 것보다 조금은 벌이가 나을까 싶어 어렵게 빚을 내 시작한 장사다. 무능하고 약간은 모자란 남자 만나 평생 고생하다 결국 이혼한 후 딸 현아를 잘 키워 보겠다고 그동안 옮겨 다닌 직업도 어느새 수십 가지를 넘는다. 그러던 어느 날, 벌이가 제법 쏠쏠하다는 뜨내기 장사꾼들 말을 듣고 용기 내어 시작하게 된 화물차 과일장사. 그러나 그것도 마음처럼 만만치 않았다. 새벽 장 봐서 차에 싣고 온 종일 운전하랴, 무거운 과일들 이곳저곳 배달하랴, 남들은 부부가 둘이 합심해 남편은 운전만 하고 아내는 적재함 뒤에 타고 다니면서 물건을 파는 것이 흔한 일이었다. 그러나 그녀에게는 그야말로 남의 이야기였다. 혼자서 그 모든 것을 다 해내야 하는 것이다. 더구나 시내 곳곳마다 대형마트가 들어서서 도심에서는 과일이 팔리지 않았다. 그녀는 고심 끝에 장이나 마트가 먼 산간벽지로 돌아다니며 화물차에 과일을 싣고 팔러 다녔다. 새벽 일찍 경매장으로 나가 각종 과일들을 싣고 이곳저곳 떠돌며 물건을 팔았다.

월요일과 수요일은 용인으로. 화요일과 금요일은 평택과 팽성 쪽으로. 목요일과 토요일은 장호원과 천안 진천등지로 장사를 다녔다. 어떤 날에는 차에 달린 확성기 소리가 시끄럽다고 민원이 들어가, 개시도 하기 전에 동네에서 쫓겨나기도 했다. 또 어떤 날에는 동네마다 인심 야박하게 마당에 있는 화장실을 모두 잠가 그녀는 차를 도로변에 세워두고 야산자락으로 올라가 나무 뒤에 숨어 볼일을 보거나 생리대를 갈아야 했다. 아직 젊은 나이에 그런 힘든 일을 하지만 효원은 예쁘게 자라는 딸 현아를 생각하면 그런 고생쯤 얼마든지 아무렇지 않았다.

대문도 담장도 없는 낡은 흙집. 멀리 서해바다 찬바람이 바로 들이치는 허허벌판 마당에서 한참을 화물차 적재함 위에서 떨고 나니 온 몸에 감각이 없다. 그녀는 일일이 과일박스를 열어 언 것과 얼지 않은 것들을 선별했다. 언 것들은 모두 옮겨 담아 방안으로 가져다 밤 새 녹여야 내일 팔 수 있다. 한참 선별을 해 방으로 옮기고 적재함에 가득 실린 과일들이 얼지 않도록 보온덮개와 낡은 담요 여러 장으로 겹겹이 싸고 또 싸서 묶어 두고 천막을 내려 지퍼를 잠갔다.

집 안으로 들어와 언 몸을 녹이고 있을 때 현아가 제 방에서 나왔다.

"안자고 왜?"

"엄마, 나 심심해. 우리 밖에 나갈까?"

"이 추운데?"

"옷 든든히 입고 나가자! 어?"

현아는 엄마 효원에게 밖에 나가자고 보챘다. 효원은 당장 눕고 싶을 만큼 지치고 피곤했지만 딸의 바람이니 들어주고 싶었다. 효원의 딸 현아는 사춘기 들어 더욱 은밀한 수다가 많아졌다. 많은 상처를 안고 자라는 딸이 그늘 없이 밝아서 효원은 고마울 뿐이다. 둘은 목도리를 두르고 눈송이 날리는 밖으로 나갔다.

밖은 차가운 바람이 불어 온통 높은음 자리의 휘파람 소리로 가득하다. 효원은 두꺼운 오리털 점퍼를 입고 현아와 함께 천천히 밤길을 걸었다. 마당 너머는 끝도 없이 펼쳐진 논 벌판이었다. 멀지 않은 곳에 논바닥을 메우고 새로 들어선 거대한 아파트단지가 거대한 성탄절 트리처럼 눈부시게 들어왔다. 그곳은 그녀가 사는 마을과 지척이면서도 그녀가 평생 가 닿을 수 없는 다른 세상처럼 휘황찬란하게 빛나고 있었다. 먼발치서 보기만 해도 따뜻하고 아늑해 보이는 신도시 아파트단지였다. 그녀는 가능한 한 그쪽을 보지 않으려 애썼다.

효원이 현아의 이런저런 수다를 들으며 어둡고 황량한 들판을 걷는다. 멀리 안성천에서 비릿한 갯내음이 바람을 타고 밀려든다. 쓸쓸하다. 진사리는 워낙 외진 농촌이다. 허허벌판, 논 가운데 폐가처럼 기울어가는 그 집. 문 밖을 나가도 달리 갈 곳이 없다. 안성천 냇가가 아니면 황량한 들판뿐이다. 두 모녀가 차가운 달빛을 받으며 논으로 천천히 걸어 들어간다. 논 이곳 저곳마다 며칠 전 내린 눈들이 단단하게 뭉쳐져 있다. 그 눈은 이따금 달빛에 반사되어 효원의 눈을 찔렀다. 그때마다 유리조각처럼 반짝이는 눈 때문인지 아니면 다른 이유에서인지 그녀는 눈물이 맺히곤 했다. 그 위로 오늘 밤 또 눈이 내려앉고 있다. 효원은 내일 눈 쌓인 좁은 산길로 운전하고 다닐 일이 걱정되어 마음이 무겁다. 그러나 지금은 현아와 함께 내일 걱정은 잠시 잊기로 한다.

몸속으로 파고드는 송곳바람. 곁에서 재잘대는 사춘기 현아의 수다는 그칠 줄 모른다. 그녀가 잠시 걸음을 멈추고 자신과 딸의 점퍼를 여며 지퍼를 목까지 올린다. 그러고는 다시 걷는다. 고요히 딛는 발밑에 지난 가을 추수하며 잘려나간 벼의 끄트러들이 지그시 밟혔다. 그 것들은 그녀의 지친 동공 속에 유년시절 징검다리처럼, 또는 저 하늘 별자리처럼 아득하고 길게 촘촘히 이어졌다. 효원은 사춘기 딸의 친구들 이야기 학교 이야기를 열심히 들으며 어두운 논 위를 걸었다.

'우드득……! 우드득……!'

그 때, 그녀 발밑에서 갑자기 누군가의 늑골 부러지는 소리가 들려왔다.

'아뿔싸······ 어머니······.'

효원은 갑자기 눈물이 핑 돌았다.

'그동안 내가 밟고 걸어 온 모든 세상길이 내 어머니의 몸 속 관절들이었나!'

순간, 그녀 귓속을 파고들던 딸의 수다가 꿈속처럼 아득히 멀어졌다. 저 멀리 몇 걸음 뒤로 물러난 딸애의 목소리. 그 빈틈으로, 한동안 잊고 살았던 어느 날의 가슴 아픈 겨울 논에 대한 기억이 화들짝 떠올랐다.

사십여 년 전 효원은 사남매 중 막내딸로 홍천 자락에서 태어났다. 태어나보니 이미 그녀의 아버지는 폐결핵이라는 오랜 지병을 앓고 있었다. 전혀 일을 할 수 없을 정도로 날마다 누워만 있는 아버지 봉춘. 하는 수 없이 그녀 어머니 정순은 가장과 어머니라는 두 몫의 등짐을 지고 살았다.

그 후 막내인 그녀가 여덟 살 되던 해, 효원의 가족은 산림을 망가트리는 화전민이라서 양평군 용문면으로 강제이주를 당했다. 만 칠천 원짜리 단칸방 월세에 오천 원하는 중고 장롱을 사짐을 정리했다. 용문으로 이사 나온 다음날 정순은 남편의 약값과 쌀값을 벌기위해 일거리를 찾아 정신없이 읍내를 헤맸지만 공장도 없고 딱히 일할 곳이 없었다. 효원의 엄마 정순은 하는 수없이 초등학교를 갓 졸업한 효원의 언니와 오빠, 이렇게 어린 남매들을 데리고 서울로 공장생활을 떠났다.

효원은 병든 아버지와 작은 오빠 이렇게 셋이 용문에 남았다. 정순은 두 남매와 함께 서울에서 공장생활을 했다. 그녀 집은 이렇게 이산 아닌 이산가족이 되어 이중 살림을 시작했다. 막내 효원과 작은오빠와 병든 아버지만이 그 춥기로 유명한 양평군 용문면 다문리 개울가 허름한 문간셋방에 차게 식은 고구마 덩이처럼 남겨졌다. 등심 좋은 젊은 남자들도 오래 못 견딘다는 벽돌공장에 취직을 한 정순은 온 몸이 부서지도록 일했고 월급을 받으면 꼬박꼬박 병든 남편과 어린 두 아이가 있는 용문으로 보냈다. 거친 벽돌 짐을 등에 지고 날라야했던 정순의 몸은 하루도 성할 날이 없었고 진통제로 견디는 날들이 점점 이어졌다. 그렇게 노예처럼 일주일간 일하고 주말이 되면 그간 받은 임금을 챙겨 어린 두 새끼와 병든 남편이 있는 양평으로 막차를 타고 내려갔다. 때문에 어린 효원은 그리운 엄마를 토요일 밤에만 아주 잠깐 얼굴을 볼 수 있었다.

아홉 살 막내딸 효원. 친구들은 저녁에 할머니나 어머니가 손수 끓여 주신 구수한 된장국에 밥 말아 먹은 이야기를 아무렇지 않게 했다. 아홉 살 효원은 그 때마다 엄마가 보고 싶어 어둠이 길게 누운 담장 밑에서 손등으로 눈물을 훔치곤 했다. 그 당시 효원에게는 금기어가 있었다. 아무리 엄마가 보고 싶어도

"엄마가 보고 싶다."는 그 말 한마디를 입 밖으로 말해서는 안 된다는 것을 알고 있었다. 누구한테 교육을 받은 것도 아니었다. 그러나 그때 이미 어린 효원은 그 말을 알사탕처럼 입 안 깊숙이 숨기고 삼켜야 한다는 것을 알고 있었다.

효원의 아버지 봉춘은 날마다 피가 섞인 가래를 뱉으며 가쁜 숨을 몰아쉬었다. 동네사람들은 폐결핵이 전염병임을 알기에 그녀와 아버지에게서 등을 돌렸다. 효원의 소꿉친구들도 하나둘 멀어졌다. 효원은 개밥바라기별을 볼 때마다 자신을 보는 것 같았다. 그렇게 그녀는 언제나 외톨이었다. 어린 그녀는, 보건소에서 직원들이 소독을 나오거나 아버지 약을 타러 보건소로 찾아가야할 때마다 몽당 빗자루만한 키로 아버지를 부축했다. 서울에 있는 엄마대신 그녀가 아버지의 병수발과 가래침을 받아서 보건소에 가져다 냈고, 집에 있는 집기류와 주사기 소독하는 일을 도맡아 했다.

양평은 가장 춥기로 유명했다. 어느 해인가 영하 41도 까지 내려갔던 겨울, 그녀는 그 곳에 살고 있었다. 그때 모든 가게의 소주병이 얼어터지는 혹한의 추위가 닥쳐와 온통 뉴스에 화제가 됐다.

토요일 늦은 밤이 되니 그토록 보고 싶었던 효원의 엄마가 막차를 타고 왔다. 그런데 천사같은 엄마가 방에 채 앉기도 전에,

아버지의 투박한 손을 떠난 팔각형의 유리재떨이. 막 열렸다 닫힌 방문 쪽을 향해 아버지가 날린 재떨이가 좀처럼 멈출 생각도 없이 그대로 허공을 미끄러져 날아갔다. 무겁고, 차갑고, 수정처럼 맑은 비행접시 한 대. 유리재떨이는 매끄럽고 묵직했다. 그만큼, 비행할 때 저항력은 낮았고 회전력은 탁월하게 좋았다. 그것은, 오랜 피로로 장아찌처럼 찌든 효원엄마의 다크써클 가득한 얼굴을 향해 UFO처럼 눈부시게 날아갔다. 결국 그 미확인 비행물체는 주름이 자글자글한 엄마 눈두덩에 불시착했다가 방바닥으로 떨어져 별가루처럼 박살났다. 엄마표 된장국이 그리워, 막차로 집에 올 엄마를 기다리다 그만 잠이 들고 말았던 어린 효원. 마구 살림을 때려 부수는 소리에 놀라 잠이 깨고 말았다.

"야, 이년아. 나라에서 나눠 준 쌀도 이미 오래전에 다 떨어졌는데 돈을 안 가져오면 어쩌겠다는 거야! 엉?"

"효원아부지. 미안해요. 회사가 어려워 요즘 월급이 자주 밀려서 이번에 받아오질 못했어요. 다음 주에는 꼭 준다고 했으니 제발 조금만 참고 진정 좀 하세요. 애들 놀라 깨겠어요."

"야, 이 미친년아. 애새끼들이 굶어 뒈지게 생겼는데 그깟 잠깨는 게 문제야! 당장 돈 가져와! 돈!"

남편 봉춘의 눈은 붉게 충혈 된 채 실성한 사람 같았다. 사실상 양식도 양식이지만, 봉춘은 그보다도 술값과 노름밑천이 더 필요했던 것이었다. 어린 효원은 그 광경이 너무 무서워 이불속에 엎드려 꼼짝할 수 없었다. 정순이 일하는 서울 벽돌공장에서 월급이 또 미뤄진 듯했다. 그것도 모른 채 원망스런 효원의 집 쌀독은 이미 바닥이 난 지 며칠이 지났던 것이다. 정순은 재떨이에 찢어져 피가 흐르는 눈두덩을 수건으로 눌렀다. 눈물인지 핏물인지, 끈질기게 흘렀다. 정순은 그날 밤 남편 봉춘의 손아귀에 잡혀 머리카락이 뭉텅 뽑히고 엄청나게 폭행을 당했다.

"효원아부지, 제발 그만해요. 효원이 놀래요."

정순의 목소리는 극도의 공포로 심하게 떨리고 있었다. 그 상황에도 정순은 어린 딸 효원이 놀랠까봐 신음소리를 가슴으로 삼켰다. 효원은 그 소리를 이불속에서 낱낱이 느낄 수 있었다. 어린 딸 효원과 그녀의 작은 오빠 승철은 아버지의 반쯤 실성한 눈빛을 보며 괴물을 연상했다. 그 괴물이 나약한 엄마를 당장이라도 삼켜버릴 것 같은 두려움에 남매는 이불 속에서 밤새 덜덜 떨었다. 자는 듯 마는 듯, 악몽 같은 밤이 가고 새벽이 왔다. 한 평 남짓 단칸방. 머리맡에서 누군가 부스럭거리는 소리에 아홉 살 효원이 눈을 떴다.

아직 동이 트기도 전인데 정순은 벌써 일어나 있었다. 아니, 일주일 내내 막일을 하고 막차로 내려와 밤새 남편에게 두들겨 맞았으니 잠을 잤을 리 없다. 정순을 북어포 패듯 두들겨대던 봉춘은 등 돌리고 누워있었다. 정순은 그렇게 밤새 시달리고 매를 맞아 온 몸이 붓고 통증이 밀려왔다. 재떨이가 다녀간 한쪽 눈은 찢긴 채 부어 잘 떠지질 않았다.

영하 40도 양평. 밖이 얼마나 추운지, 작고 초라한 유리창은 단단하게 얼어붙어 열리지 않았다. 정순은 유리창을 살살 두들겨가며 힘겹게 열고서 슬픈 얼굴로 어두운 밖을 내다보았다. 창문을 열자 서늘한 겨울바람이 뾰족한 송곳처럼 방안을 찌르며 박혀들었다. 어두운 악마처럼 검게 입을 벌린 유리창. 효원은 그 검고 네모난 악마가 불쌍한 엄마를 먹어 버릴까봐 있는 힘껏 노려봤다. 정순은 무언가를 결심한 듯 이내 밖으로 나갔다. 정순이, 냉기 가득한 아궁이 앞에서 분주하게 이것저것을 챙겼다.

'육신이 병들면 마음도 병드는 법이지……. 저 양반이 본래부터 저러지는 않았는데…….'

정순은 남편을 이해하려 무던히 애를 썼다. 병든 봉춘은 벗어날 수 없는 가난으로 인해 삶을 체념한 지 오래였고, 정순에게 늘 손찌검을 퍼부었다. 봉춘은 코를 골았다. 그가 숨을 쉴 때마다 그렁그렁 가래 끓는 소리가 들려왔다.

일찍부터 남달리 성격이 예민해진 효원이 정순을 뒤따라 나갔다. 밖에는 혹한의 바람이 불었다. 그 찬바람은 한 칸 뿐인 그들의 보금자리를 부숴버릴 듯 밀어닥쳤다.

찬바람 횡횡 부는 부엌에서 등 돌리고 부스럭대는 정순. 어린 효원이 울음을 참으며 엄마의 등을 바라보았다. 정순은 얼음이 설컹설컹 뭉쳐진 총각김치를 비닐봉지에 담고 둘둘 말아 옆구리에 끈으로 묶었다. 정순은 행여 어린 효원이 자신의 엉망이 된 얼굴을 볼까봐 신경이 쓰였다. 그녀는 고개를 애써 돌리며 차디차게 얼어버린 고구마 몇 알을 주섬주섬 따로 더 챙겼다. 그녀는 어제 서울에서 일을 마치고 부리나케 양평으로 내려오느라 저녁도 굶고 그렇게 막차로 내려온 것이었다. 밤새 매를 맞느라 아무것도 먹은 게 없었다. 좁은 방에서는 뒤늦게 잠이 든 봉춘의 코고는 소리가 이따금 부엌까지 들렸다. 정순은 곧 쓰러질듯 한 얼굴로 살얼음이 낀 총각김치와 고구마를 또 세 번 째 비닐봉지에 둘둘 말아 솜바지 주머니에 신중하게 밀어 넣었다.

효원은 극도의 불안으로 복통이 밀려왔다. 도저히 상상이 가지 않는 엄마의 행동. 보다 못한 효원이 정순의 앞을 가로막고 물었다.

"엄마……. 이게 다 뭐야? 엄마 지금 어디 가려고 그래? 나 엄마가 얼마나 보고 싶었는데. 엄마 벌써 가려고? 무서워 엄마, 제발 날 두고 가지 마."

효원이 정순의 옷자락을 잡고 울었다. 정순은 차디찬 손으로 딸의 눈물을 닦아 주었다. 빈 정부미포대 대여섯 장을 최대한

얇게 접다가 멈춘 정순이 효원을 따스한 눈으로 바라보았다.

"효원아, 엄마 안 가 절대로! 어린 너를 두고는 절대로 그 어디도 안가⋯⋯. 그러니 염려 말고 집에 있어. 아버지가 너희를 미워하시진 않는다⋯⋯. 사는 게 고돼서 그러신 게야. 엄마 어디 좀 다녀올 곳이 있으니 걱정 말고 집에서 기다려⋯⋯. 그리고, 방에 군불 조금만 더 지펴라. 아버지 기침 더 하실라."

정순은 구멍 난 면장갑 몇 켤레를 겹쳐 끼고 문을 나섰다. 가지 말라고 붙잡으며 우는 어린 효원을 뒤로하고 겨울바람 불어오는 용문역 쪽으로 멀어졌다. 허깨비같은 정순의 뒷모습이, 아직 남은 새벽어둠에 흐릿해지더니 더 이상 효원의 눈에 보이지 않았다.

그토록 긴 시간이 하루였다니⋯⋯.

새벽에 어딘가로 엄마가 떠난 후. 효원은 그날 온종일은 공기놀이도 고무줄놀이도 할 수 없었다. 어린 나이였으나 왠지 모를 엄마걱정에 마음이 온통 오그라들었다. 봉춘은 그날따라, 기침 때문에 한 동안 끊었던 독한 싸구려 담배를 연실 피워댔다. 앞산에서 땔감을 모아 온 효원의 오빠도 침침한 불안으로 한 쪽 툇마루에 낡은 옥수수자루처럼 쪼그라져 있었다. 해가 늬엿늬엿 질수록 어린 효원은 점점 더 불안이 엄습했다. 어린 마음에, 새벽에 어딘가로 사라진 엄마가 걱정되어 울음이 터질 것 같았지만 아버지가 무서워 참고 또 참았다. 그날의 침묵은 지옥처럼 어둡게 효원의 가족이 모여 사는 골방을 엄습했다. 무언가 소식을 기다리다 지친 효원의 아버지는 저녁이 되자, 또 소주를 사다가 조바심 속으로 연실 들이 부었다. 효원은 오빠와 단칸방 귀퉁이에 웅크린 채 엄마를 기다리다 지쳐 조금씩 잠 속으로 무너지고 있었다.

밤 10시가 거의 다 된 시각.

주인 집 할머니가 속곳 차림으로 효원의 집 방문을 다급히 두드렸다.

"효원아부지, 자요? 전화 좀 받아 봐요! 효원이 엄마인 가벼, 급히 바꿔달라네."

그 말이 끝나기도 전, 순식간에 튕겨져 나가듯 봉춘은 맨발로 주인집 마루로 뛰어올라갔다.

"여, 여보세요? 엇? 뭐라고? 아니! 이 사람이 죽으려고 환장을 했지……! 엉? 그래 알았어. 지금 바로 그리로 갈게!"

맨발로 주인집 마루를 단숨에 내려온 봉춘이 잠든 아들 승철을 급히 흔들어 깨웠다.

"승철아! 승철아! 어여 옷입어. 어여."

까까머리 중학생 승철이 자다 놀라 황급히 옷을 주워 입었다. 주인집 리어카를 끌고 혹한의 바람을 뚫고서 봉춘이 아들과 함께 무조건 용문역으로 내 달렸다. 어린 효원은, 방문도 닫지 못한 채 겨울 밤 속으로 멀어진 아버지와 오빠를 보며 울었다. 효원이 할 수 있는 일이란 그저 울며 기다리는 것뿐이었다.

효원의 집에서 용문역까지는 빨리 걸어도 삼십분이 넘게 걸렸다. 칠흑 같은 밤에 리어카를 끌고 가자면 더 걸리는 거리였다. 한 참 후, 리어카가 요란하게 어둠에 쌓인 대문 안으로 끌려 들어왔다. 그 뒤로 새파랗게 언 몸으로 정순이 풍선만큼 퉁퉁 부은 몸으로 둥둥 떠서 들어왔다. 정순의 몸은 동상 때문에 제대로 움직여지지 않았다. 손은 찐빵처럼 부어오른 채 구멍 난 목장갑과 손등이 뒤엉켜 얼어붙어 있었다. 논바닥을 헤집었는지, 검은 흙과 뒤엉킨 구멍 난 장갑은 정순의 손에서 좀처럼 벗겨지질 않았다. 어린 효원의 눈앞에 보이는 검푸른 정순의 몰골은 더 이상 살아있는 사람 같지 않았다.

"승철아! 어서 아궁이에 불 지펴! 어서! 네 에미 이러다 오늘밤 일 치르겄다."

봉춘도 그날만큼은 정순의 송장을 치르고 싶지 않은 듯 다급해 보였다. 서둘러 반은 송장이 된 정순을 방에 눕히고 봉춘이 아들을 시켜 급히 군불을 때게 했다. 효원은 울어서 젖은 얼굴로 정신없이 엄마의 언 몸을 주물렀다. 두려움으로 눈물이 가득 고인 효원의 눈 속에 엄마 모습이 물감처럼 풀어져 보였다. 효원은 그날 밤, 엄마가 자신만 남겨두고 먼 곳으로 사라져버릴 것만 같다. 마지막으로 만지는 엄마의 몸일지도 모른다는 불길함에 효원의 입에선 참았던 울음이 엉엉 터져 나왔다. 봉춘은 아들 승철과 함께 무언가 잔뜩 담긴 양곡포대 둘을 툇마루 아래 아무렇게나 부려놓고 또다시 어둠 속 어디론가 내달렸다.

정순은 정신이 몽롱한 중에도 연실 무어라 중얼거렸다.

"효원아부지, 어서 가 봐유……. 그것들 누가 가져가기라도 하는 날엔 우린 이젠 진짜루 굶어 죽어유……. 어서 가유, 어서."

이 말만 되풀이 하다 정순은 저체온 증으로 결국 정신을 잃었다.

"엄마! 으흐흑! 엄마 죽으면 안 돼……. 엄마 죽지 마!"

놀란 효원은 엄마를 흔들어 깨우다 서둘러 부엌으로 나가 가마솥 아궁이에 군불을 더 많이 지폈다. 냉기가 가득했던 방에 따뜻한 온기가 서서히 퍼졌다. 어린 효원은 뜨거운 물수건으로, 꽁꽁 언 엄마의 손과 발을 오랫동안 닦았다. 얼마 후 봉춘은 아들과 함께 리어카를 끌고 다시 집안으로 요란하게 들어섰다. 높다란 툇마루 아래는 정순이 어딘가에서 낮 동안 가져온 네 포대의 양곡자루가 성처럼 쌓여갔다. 그러는 동안 문밖은 밤이 지나고 점점 여명이 밝아왔다.

지난 새벽, 꽁꽁 얼어 달그락 거리는 총각무와 차디찬 고구마 몇 개를 봉지에 담아 옆구리에 차고 집을 나선 정순. 그녀가 있는 힘을 다해 찾아간 곳은, 지난 가을 추수가 끝나고 얼음과 눈이 무릎까지 쌓인 김포평야지대였다. 송곳처럼 아린 눈보라가 떠다니는 황량한 겨울의 김포평야. 정순은 오로지 병든 남편과 새끼들을 굶기지 않아야한다는 생각뿐이었다. 다음 주에 나올 월급을 기다리기엔 시간이 없었다. 집에는 이미 정부에서 환자들에게 지원하던 묵은내 나는 정부미 쌀마저 바닥났다. 남편과 자식들은 이미 사흘이 넘도록 밀가루와 고구마로 연명했던 터였다. 정순은 병든 남편과 두 어린 아이들을 그대로 두고 차마 서울로 올라갈 수 없었다. 어떡하든 월요일 새벽에는 출근을 해야 했다. 돈을 빌려 쓸 곳은 이미 다 썼다. 일요일 단 하루 만에 무언가 양식을 해결하기에는 너무 시간이 촉박했다. 죽기 아니면 살기였다. 결국 그날 새벽, 정순은 뭔가 다짐하고 어딘가로 그렇게 떠났던 것이다. 한겨울 논 벌판. 살인적인 눈의 두께를 낡은 면장갑을 끼고서 눈 속을 헤치며 논바닥에 눈덩이와 함께 뒤엉킨 벼이삭 몇 알을 온종일 긁어모아 양곡자루에 담아서 돌아온 것이었다.

정순은, 자신이 살아서 집에 온 것을 알고는 잠시 혼절을 했다가 한참 후에야 다시 깨어났다. 그녀는 어제 겪은 이야기를 머리맡에서 울고 있는 아이들에게 눈물로 들려주었다.

"효원아…… 엄마가 그 매서운 칼바람 들판에서 좀 더 벼이삭을 주우려다가 잠시 쓰러졌는데…… 우리 강아지들 얼굴이 하나씩 스쳐가며 내게 손을 흔들더구나……. 그래서, 이러다 결국 죽는 건가 싶어 이를 악물었지……. 난 어떻게든 살아서 내 새끼들에게 돌아가야 한다고……. 자꾸만 감겨오는 눈을 부릅뜨고 온 정신을 가다듬고 일어섰어……."

효원의 하나뿐인 엄마의 생명을 담보로 얻어진 귀한 벼이삭은 그 다음날 용문 방앗간으로 실려 갔다. 정순이 다시 정신을 차리고 깨어난 그날. 그녀가 입고 있던 솜바지 속에서는 전혀 입에도 못 댄 차디찬 고구마 두 개와 돌덩이처럼 얼어버린 총각김치가 서로 뒤엉킨 채, 동물의 벌건 내장처럼 쏟아져 나왔다.

그날 저녁 정순은 있는 힘을 다해 부엌으로 나갔다. 방앗간에서 찧어온 허연 통일벼 쌀로 밥을 지었다. 고실고실하게 잘 된 밥 솥을 열었다. 밥 냄새를 천천히 맡아보았다. 혹한의 설국. 김포평야가 기름기 좔좔 흐르는 흰 쌀밥 위에 오버랩되었다. 정순은 기가 막혔다. 너무도 기막혀 눈물도 나지 않았다. 효원 가족 모두는 그렇게 눈이 부신 허연 쌀로 지은 저녁 밥상을 차려놓고 누구도 먼저 수저를 들지 못했다.

봉춘은 그 후로도 정순의 극진한 정성으로 저승문턱까지 갔다가 여러 번 다시 살아 돌아왔다. 세상이 말하는 기적처럼, 이십여 년을 더 살았다. 그렇게 생명을 오래 이어가다 몇 해 전 정순과 효원의 곁을 떠나갔다.

지금 효원의 나이 오십이 넘었다. 그녀는 평소 엄마 정순의 생활력을 닮았다고 자부하며 연실 뭐든 닥치는 대로 걷어 부치고 일하며 살고 있다. 그러나 허리가 휘는 삶의 무게에 걸려 턱없이 무너질 때면…… 효원은 오래전 그날의 엄마 모습을 떠올렸다. 그렇게 힘을 얻어 또 다시 무릎을 세우고 일어나 걷고 걸었다.

효원은 오늘따라 진사리 논바닥의 벼 끄트럭이 너무도 아프게 발에 밟혔다.

'이번 주말에는, 한 동안 가뵙지 못한 엄마를 따스하게 안아 드리러 다녀와야겠다.'

정순은 관절염으로 부어오른 두 다리를 끌며 팔순이 다되어 가는 나이로 아파트 계단 청소를 했다. 그러고도, 남는 시간에는 낡은 유모차를 힘겹게 끌며 폐지를 주웠다. 효원은 알고 있다. 정순이 일하는 그곳, 계단 밑 어딘가에는 작은 비닐봉지가 곳곳에 박혀있을 것이라는 것을. 그 봉지들 속에는, 이제는 오십을 넘긴 자신의 막내딸을 입히려고 빼놓은 몇 가지의 옷이 자신을 기다리고 있다는 것을……. 정순이 챙겨주는 헌 신발과 헌옷가지를 효원은 월례행사처럼 신고 입어보게 될 것이라는 것을 알고 있다.

며칠후, 효원은 엄마가 보고 싶어 출발했다. 효원이 차를 세우고 두리번 엄마를 찾아보았다. 저 멀리 그녀가 보였다. 늙은 정순이 또 김소장 앞에 굽실대고 있다.

"할머니. 내가 헌옷 함에 손대지 말라고 여러 번 말했죠? 자꾸 이렇게 할 겁니까? 할머니, 연세도 너무 많아 부녀회에서 청소부로 쓰지 말라고 말들이 많아도 그동안 내가 덮어왔는데 자꾸 이러실 거냐구요?"

"아효, 소장님 정말 죄송해유. 다시는 헌 옷함 뒤지지 않을 게유."

정순은 아파트 관리소장한테 몇 번이나 충고를 들었다. 효원이 오랜만에 정순을 찾아간 날도 정순은 또 소장한테 한소리 듣고 난 후였다. 그것을 모를 리 없는 효원이다. 그러나 엄마는 영원히 그 일을 멈추지 않을 것임을 그녀는 너무도 잘 알기에 모른 척, 웃는 얼굴로 정순에게 다가갔다.

"엄마……."

"오메, 우리 막내딸 왔냐? 잘 왔다. 잘 왔어."

정순은 주변을 조심스레 살피더니 딸의 손을 잡아끌고 아파트 뒤편 어딘가로 서둘러 사라졌다. 차가운 계단 밑 어두운 안쪽에서 정순의 음성이 들려왔다.

"효원아, 오느라 추웠쟈? 이 것 좀 어여 입어 봐. 아효, 이렇게 안즉 성한 건데 글쎄 아까운 이것을 누가 버렸지 뭐냐. 너한테 꼭 맞을 것 같아서 에미가 잽싸게 빼났다."

효원을 향해 그간의 무용담을 늘어놓듯 상기된 정순의 얼굴에 행복이 가득했다. 두 모녀의 낡은 의상 쇼는 누가 볼세라 계단 밑에서 은밀히 행해졌다. 정순이 두툼한 점퍼를 꺼내들고 환한 얼굴로 효원을 바라봤다.

"이거, 어떠냐? 너 밖에서 행상할 때 입으믄 차암 좋것지? 그자? 이거 봐봐. 이것만 입으믄 걍 세상 눈밭에 굴러도 춥지 않것지? 그자? 어여 입어 봐."

효원은 엄마를 위해 기쁘게 그 옷을 입고 두 팔을 벌리고 한 바퀴 돌았다.

"엄마. 무지 따숩고 좋은데? 장사할 때 입으면 정말 좋겠네. 하하하."

"그쟈? 하이구, 됐다! 됐어. 이것을 다른 할망구가 자꾸만 눈독 들여서 뺏길까봐 올메나 마음 졸였는지 아냐? 내가 이 계단 밑에다 아무도 모르게 요렇게 감춰뒀어 . 오늘 이것을 너한테 입혀서 아주 걍 에미 맘에 참나무 장작불이 들어앉은 것마냥 뜨뜻 허니 이제야 한시름 놓것다. 울딸헌티 이쁘게 잘두 맞네. 그리구 요거는 현아 것이니 갖다 꼭 뜨뜻허게 입혀라. 응? 알았쟈?"

밖은 어느새 그해 들어 첫눈이 내리기 시작했다. 들판에도 논에도 고샅길에도 아파트 주차장에도 공평하게 흰 눈이 내렸다. 한 송이 두 송이 날리던 눈은, 이내 함박눈으로 변해갔다. 새

하얀 망사커튼처럼 너풀대는 하늘. 고운 눈이 소복이 쌓여, 온 세상이 평화롭고 고요하게 집안으로 단속되던 그런 날이었다.

내일 전투에서 이기고 나면

어머니 아버지 그리고 누나를 힘껏 부르며

고향으로 돌아갈 수 있을까?

내가 사랑하는 모든 이들이

오늘밤도 안전하길 바라며……

이만, 내일 전투 다녀와 또 쓸게.

마
크
리

유골이 놓인 형태를 자세히 들여다보았다. 손은 등 뒤로 묶였거나 깍지를 낀 상태에서 집단사살된 것으로 추정되었다. 완전한 사지 유골이 없어 키나 신원 추정은 어려웠다. 현장에서는 탄피와 탄두, 탄창도 여러 점 나왔다.

"박 하사! 산 아래 대기차량에 연락해 감식반 좀 올라오라 해! 빨리!"

"내가 참말루 환장허구! 면장을 허겄네! 시방 당신들, 제정신여? 남의 선친들 고이 잠든 선산을 사전에 후손들한테 단 한마디 말두 없이! 아, 내가 종손이구 이 산 주인인데 내 허락두 없이! 이따위로 남의 선산을 파재끼다니 이게 말이 돼? 내가 너무 황당해서 온산을 돌며 파재낀 구덩이를 모조리 다 세 봤어.

구덩이가 무려 칠십 개가 넘드만? 당신들 그걸 다 어쩔 거여? 그리구, 이 산은 송이를 재배하는 산인 게 젊은 양반 눈에 안 보여? 물 호스가 삥 둘러진 거 눈에 안 보이냐 말여? 어? 어쩔 껴? 이제 어쩔 거냔 말여!"

주머니에서는 전화가 계속 울렸다. 집일 것이다. 지금은 도저히 받을 상황이 아니었다.

"아……. 죄송합니다. 지자체에 사전에 연락을 했습니다. 그래서 저는 당연히 어르신께 통보가 간 줄 알았습니다. 면목 없습니다."

"당신이 책임자여? 쳇! 면목 없으믄 다여? 다냐구? 나! 이번 일 절대 순순히 못 넘어가는구먼! 이게 다 정부에서 지시 내려 하는 일 아닌감? 내가 울아들 시켜서 청와대와 단판 지면 되겠구만? 안 그런가? 난 당신들과 상대 못하것네! 정부가 나서서 내게 직접 사과하구 송이체취사업이랑 전부 피해보상 받아야겠어!"

"정말 죄송합니다. 최대한 단시일에 다시 원래대로 해놓겠습니다. 사죄드립니다."

"뭐? 원래대루? 허! 그래 말 잘했구만. 워떻게 원상복귀할 건데? 송이는 나던 자리가 한번 뒤집히면 다시는 나지 않는 법인디. 뭘! 워떻게 헐 거여? 이 산에서 송이를 팔아 몇 식구가 입에 풀칠하는지 알구 허는 소리여? 당신네덜 일만 중요허구 남의 생업은 안중에두 없는겨?"

"……죄송합니다. 진심으로 사과드립니다. 원래만큼은 아니더라도 최대한 제자리로 돌려놓겠습니다."

산주인이 워낙 대차게 나왔다. 나는 분명 지자체에 알렸다. 사전 통보는 그들의 몫이었다. 어찌된 일인지 산주인은 전혀 우리의 발굴 사실을 모르고 있었다. 저렇게 나오는 것도 무리는 아니다. 나는 고개 숙여 진심을 다해 사죄를 드렸다.

"어쨌거나 다시 제자리로 돌려 노슈! 그래봤댔자 송이 농사는 물 건너간 걸 테지만! 조상님 묘 주변이라두 제자리를 해놔야 인간의 도리 아니겠어? 젊은 양반들은 부모도 음나? 그렇게 처신하는 게 아녀겨! 흠!"

"어르신 정말 죄송합니다."

"지금은 이만하고 지켜 보겠네! 며칠 후 올라와봐서 산 상태를 보고 다시 말함세! 흠!"

"예. 조심해서 내려가십시오. 암튼 죄송합니다."

'어떻게 되었을까? 어머니를 찾았을까?'

나는 산주인한테 온갖 항의를 다 받으면서도 오로지 어머니 생각이 머리에 가득했다. 목구멍에서 시고 텁텁한 물이 연신 넘어왔다.

"박 중사!"

"넵! 충성! 단장님 부르셨습니까?"

"애들 시켜서 저것들 최대한 원래대로 해놔."

산을 내려오며 급히 전화를 꺼내보았다. 메시지 하나가 와있었다.

'여보. 왜 이리 연락이 안돼요? 문자 보는 대로 빨리 연락 좀 줘요.'

아내에게서 부재중 전화가 여섯 통이 걸려와 있었다.

"어, 여보 나야. 미안해. 진행하던 일에 골치 아픈 문제가 좀 생겨서 못 받았어. 어머님은?"

"아효. 말도 마세요. 앞전처럼 또 119 불러서 겨우겨우 핸드폰 위치 추적으로 찾았어요. 아니. 근력도 좋으셔. 짧은 시간에 어떻게 그 먼데까지 걸어가셨는지 원, 신발은 어쩌시고 맨발이셨어요. 넘어지셨는지 얼굴은 온통 긁히시고, 날이 조금만 더 추웠으면 아니 할 말로 일치를 뻔했어요."

"그랬군. 그래, 어머님은 괜찮으셔?"

"네, 괜찮으시긴 한데……. 모내기하려고 물댄 논으로 무작정 들어가셔서 온 몸이 흙탕물예요. 다행히 조금 긁히신 것 외에 몸 상하신 데는 없네요. 바지에 오줌을 싸셔서 감기기운이 좀 있으세요. 씻겨드리고 약 드시고 방금 잠드셨어요. 휴, 큰일날 뻔했지 뭐예요."

"당신이 고생 많았소. 나도 곁에 없이 당신혼자 그 일을 매번 감당하게 해서 정말 미안하오."

"당신 별말을 다 하네요. 며느리는 자식 아녜요? 나보다 어머님이 더 고생이시지요. 당신 오늘 늦어요? 어머니 깨시면 자꾸 당신 찾으시는데……."

"음, 오늘도 발굴단 회의가 있어서 좀 늦어 긴급회의라. 암튼, 끝나는 대로 서둘러 들어갈게. 당신도 좀 쉬어."

몸이 천근만근이다. 긴급회의실로 가는데 불독이 나를 호출했다. 불독은 허용만 대령의 별명이다. 이번 프로젝트의 총지휘관이다. 불독의 분노는 예견된 일이었다. 송이 밭과 선산 문제 때문이다.

"그쪽 담당 누구야?"

"충성! 저, 접니다. 죄송합니다."

"그 선산 담당이 김준위였나? 죄송이구 뭐구! 뭔 일을 그따위로 해갖구 상부에까지 항의가 들어오게 만드나? 어? 앞전에도 분란을 일으키더니! 벌써 몇 번째야? 아니. 지자체에 사전 통보도 안했어? 기술사관이면 다야? 발굴단장이면 다냐구? 일 똑바로 못해?"

며칠째 정신이 하나도 없다. 태풍에 휩쓸려 허공에서 이리저리 패대기쳐지는 느낌이었다.

"죄송합니다. 제가 지자체에 사전 통보를 지시했습니다만……. 암튼, 모두 제 불찰입니다."

"자네 지금, 뭔 일처리를 이따위로 하나? 언제까지 아랫사람들 핑계 댈 참야? 국민들 세금 날로 먹겠단 거야? 정신을 어디다 두고 일하는 거냐구? 이 일이 장난이야? 장난해 지금? 그 선산주인이 청와대게시판에까지 항의 글을 올렸어. 지금 윗선에선 난리도 아냐!"

"……."

"암튼, 이번 일로 상부에서 말이 여간 많은 게 아냐. 나도 더는 못 덮어줘. 김준위, 자네가 알아서 살아남든지. 옷을 벗든지 책임져."

"죄송합니다."

"아이구, 선배님. 뭐 이런 걸 다……. 저희는 이런 거 못 받게 되어있는 거 잘 아시잖아요? 선배님 마음만 받을 테니 다시 가져가세요. 그냥 편히 오셔도 돼요. 선배님, 어머님을 찾았을 때 보니 손에 꼬깃꼬깃한 편지를 들고 계시더라고요. 다행히 위치추적이 다른 날보다 용이했어요. 그쪽이 워낙 인적이 드문 곳이고 위험한 곳인데. 지나던 행인이 빨리 제보해 사고 없이 찾았죠."

"김 소방경. 이거 번번이 신세지고 정말 고맙고 면목 없네."

"선배님, 어머님께 신경 좀 더 쓰셔야겠어요. 노인성치매는 봄가을에 더욱 병세가 심해져요. 어제 다른 한 분은 도랑에서 주검으로 겨우 찾았어요. 아주 순간이에요. 증세가 점점 더 심해지시는 것 같던데…… 저러다 정말 큰일 납니다. 형수님도 고생이 이만저만이 아니죠? 선배님. 기억나요? 오래전 내가 선배님 집 놀러 가면 어머님이 늘 해주던 그 단팥죽요. 진짜 끝내주게 맛있었죠. 저는 지금도 못 잊는다니까요. 후훗."

"그래. 어머님이 그땐 팥죽을 자주 해주셨지. 그래, 암튼 여러모로 정말 고마워. 다음부턴 더욱 잘 살펴보는 수밖에 방법이 없겠지 뭐. 남은 시간 고생해. 이만 갈게."

소방서 주차장을 나서는데 잊은 게 있다며 김 소방경이 헐레벌떡 달려왔다.

"선배님, 이거요. 낮에 어머니 구조하고 물에 젖은 거 말려서 돌려드린다는 걸 깜빡했어요. 어머니 손에 꼭 쥐여있던 건데…… 엄청 오래된 편지 같던데요?"

"아, 고마워. 우리 어머니께는 목숨 같은 거야. 오래전 학도병으로 입대하신 후 전사하신 큰외삼촌 편지거든. 아마도 그 편지를 쓰시고 다음날 여동생인 엄마한테 붙이지 못한 채 전사하신 것 같아. 몇 년 전 큰외삼촌 유해를 발굴하면서 다행스럽게도 함께 유품으로 발견되었어."

"아이구, 그러셨군요."

"그런데 어머님은 치매를 앓게 되신 후로는, 그 편지를 소식이 끊긴 남동생이 쓴 편지로 아시는지 늘 품에 지니고 다니셔……. 아직 작은외삼촌 유해를 찾지 못했거든. 얼마나 그리

우실지 나는 다 헤아릴 수가 없지. 이 편지, 어머니께 목숨처럼
소중한 건데 이렇게 챙겨줘서 정말 고맙네."

"후훗, 고맙긴요. 자 그럼, 저는 또 출동 나가야 하니 선배님
살펴가세요."

소방서 주차장을 돌다 가로등 밑에서 낡고 오래된 그 편지를
펼쳐보았다. 흙물이 얼룩져있는 편지였다. 어머니는 이 편지를
쥐고 남동생을 찾아야 한다며 집을 나가곤 하셨고 가끔 정신이
돌아오면 남동생 이름을 부르며 우셨다.

1951년 4월10일 화요일

보고픈 동생아,

오빠가 네 곁을 떠나온 지도 벌써 한 해가 넘어가네.

오빠가 군 입대를 하고 몇 달 만에 준철이가 또 지원했다며?

장독 뒤에서 흐느껴 울었을 너의 눈물이 오빠 눈에 선하다.

그러나 동생아. 나는 지금도 이곳에 온 것을 후회하지 않아.

준철이도 나와 같은 마음일 거야.

내가 이곳에 있으므로 해서 어머님과 아버님의 하루가 안전
하고

우리 예쁜 여동생의 미소가 행복할 수 있다면 그뿐, 난 그것
으로 족해.

행여 나 때문에 울지는 마. 그리고 부모님 잘 부탁한다.

나는 이제 내일이면 또 전투를 나가겠지.

이 글을 쓰는 이 밤도 멀리서 총성이 들리고 화약 냄새가
귀신처럼 우리 곁을 맴돌고 있어. 나는 내일도 또 그다음날도,
누군가의 소중한 친구를 죽여야 해.
누군가의 소중한 형을 동생을 아들들을 무수히 죽여야 하겠지
나는 그것이 가장 괴로워,
어서 이 악마 같은 전쟁이 끝났으면 좋겠어.
잘 자 내일 또 쓸게
나의 여동생이 너무 그리운 준식이가……..

입이 소태다. 오늘따라 집으로 향하는 길이 너무 멀다. 이대로
길가 아무데나 쓰러져 눕고 싶은 생각뿐이다.

메.시.지.왔.어.요-

'아빠! 아빠의 아들, 승혁입니다. 오늘 용인 기숙사로 다시
내려갑니다. 아빠 일도 중요하지만 건강도 좀 돌보세요. 산이
라 전화 못 받으실 것을 알기에 문자로 인사드려요. 이번 시험
꼭 좋은 결과 내도록 할게요. 자랑스러운 우리 아빠 파이팅입
니다! ㅎㅎ.'

'당신, 어디세요? 아직예요? 어머님이 또 당신 찾으며 자꾸
문밖으로 나가려고 하세요…… 빨리 좀 오세요.'

'그래. 미안해. 알았어. 집 앞이야…….'

메.시.지.왔.어.요-

'와우! 단장님. 감식과에서 방금 서류가 도착했는데요. 이번 유골들 중 전사자 유가족들에게서 채혈한 DNA와 일치하는 전사자들이 총 열네 분입니다. 이번에도 단장님의 활약이 단연 크셨습니다. 자세한 건 내일 뵙고 말씀드릴게요.'

감식과 홍 하사다.

"다녀왔습니다."

"오빠…… 어디 갔다 왔어? 내가 오빠를 얼마나 찾았는지 알어?"

어머니가 내 품에 와서 안긴다.

"아, 어머니. 저녁은요? 여보, 어머니 저녁 잘 드셨어?"

"오빠. 나 밥! 이만큼 먹었어."

"아이구! 그러셨어요? 우리 어머님, 정말 잘하셨어요. 아프신 데는 없으세요?"

"오빠. 나 여기두 아프구 여기도 아퍼……."

"아이쿠, 그래요? 어디……. 음, 제가 얼른 씻고 나와서 약 발라드릴게요. 여보, 나 피곤해 밥은 됐고 그냥 씻고 좀 누울게."

"오빠. 가지 마……."

어머니는 씻으러 가려는 내 바짓가랑이를 잡고 늘어지셨다.

"어머니. 저 금방 씻고 나올게요. 어디 안 가요. 아셨죠?"

"여보, 당신 보나마나 한 끼도 제대로 못 드셨을 텐데……
그럼 사골국물이라도 좀 후룩, 마셔요. 당신 그러다 쓰러져
요……."

"……그럴까? 그럼 씻고 나올게 조금만 줘."

"오빠. 오빠…… 가지마."

어머니는 나에게 오빠라 부르셨다. 어머니는 내 무릎에 올라
앉아 아이처럼 노래를 불렀다. 거실바닥으로 내려가실 생각이
전혀 없어 보이신다. 어머니의 치매가 시작된 지도 벌써 십년
이 다 되어간다. 몇 년 전부터 증세가 부쩍 더 심해지셨다. 나
는 마크리다. 마크리는 국방부에서 설립한 유해발굴감식단의
약칭이다. 우리는 특수부대이다. 내부에 조사과, 발굴과, 감식
과, 지원과로 구성되어 있다. 나는 강원지부 발굴과 단장이다.
내 어머니 연세는 여든넷이다. 육이오전쟁 때 군에 간 오빠와
남동생과 생이별을 하셨다. 두 분이 지금까지 살아계셨다면 여
든넷과 여든둘이시다. 큰외삼촌과 나의 어머니는 일란성 쌍둥
이셨다. 두 분의 모습을 사진에서 보면 정말 똑같았다.

1950년 낙동강전투의 막바지인 8월. 온 세상이 포화 속에 파
묻혔다. 스물한 살이었던 큰외삼촌이 입대를 하셨다. 큰외삼촌
이 입대하시고 불과 한 달 만에 작은외삼촌이 외할머니의 만
류에도 입대를 하셨다. 현준식 이등중사와 현준철 하사 두 아

들을 전장에 보내신 후 외할머니와 어머니의 눈물은 단 하루도 마를 날 없으셨다. 현준식 현준철 두 형제는 입대 후 서울과 평양을 오르내리며 수많은 전투를 치렀다. 어린 어머니는 오빠와 남동생에게 날마다 편지를 보냈다. 그 후 안타깝게 현준식 이등중사는 1951년 4월에 전사했다는 통보만 먼저 고향으로 돌아왔다. 동생 현준철 하사는 그 후 다섯 달 뒤 9월에 어머니의 눈물을 뒤로 한 채 또다시 창백한 전사통지서만 고향으로 돌아왔다. 두 형제의 주검은 어디에서도 찾지 못한 상태였다. 생떼 같았을 두 아들. 그해, 우리 두 외삼촌은 스물두 살과 스무 살이셨다. 두 형제의 유해는 그 어디에서도 찾지 못한 채였다. 그 충격으로 외할머니는 실신하셨고 지병을 앓다 두 외삼촌이 있는 하늘로 돌아가셨다. 외할아버지는 한동안 실어증에 시달리시다 내가 육군 수색대 하사로 입대했던 해, 두 아들과 아내를 따라 저세상으로 가셨다. 그 충격은 어머니께 다시 고스란히 옮겨졌다. 큰외삼촌의 유품으로 남은 낡은 편지 한 통과 빛바랜 가족사진은 그날이후 지금까지 어머니 손에서 떠나지 않았다. 처음에는 정부 주도하에 일시적으로 마크리가 진행되었다. 어머니는 육이오전사자 유가족으로 유전자감식용 채혈을 하셨고 오빠와 동생을 찾는 신청서를 내셨다. 시간만 나면 오빠와 남동생의 유골이라도 찾아야 한다고 혈안이 되곤 하셨다. 이 산하 어느 곳에 외삼촌이 누워계신 줄 알고 찾느냐고 만류해도 어머니는 포기하지 않으셨다. 그러다 오래전 돌아가신 외할아버지와 외할머니의 간절함 때문이었는지. 6년 전, 기적이 일어났다. 육이오 접전지역을 발굴하던 중 마크리는 기적처럼 큰외삼촌의 유해를 찾았다. 외삼촌이 63년 전, 전쟁 중 군에 입대하시며 품에 지니고 가셨던 가족사진까지 그대로 발굴되어 세상의 빛을 본 것이다. 큰외삼촌이 입고 계셨던 군복은 산화되어 흔적도 없었지만 큰외삼촌 유해와 단추 몇 개와 비닐에 싸인 편지와 사진 하나가 현장에서 발견되었다. 그 편지는 바로 어린 소녀였던 어머니께 전장에 나간 오빠가 밤새 적어 보냈던 거였다. 큰외삼촌은 여동생에게 보낼 편지를 마지막까지 품에 안고 세상을 떠나셨다. 핏물이 얼룩으로 남은 그 빛바랜 편지는 63년 만에야 여동생에게 도착한 것이다. 수십 년 동안 차고 어두운 지하에 묻혀 지내셨던 큰외삼촌의 유해가 모셔진 작은 목관에 가슴 벅찬 태극기가 고이 덮였다. 고인이 어둡고 캄캄한 지하에서 나와 새 빛을 보시던 날. 어머니는 어린 소녀의 눈물로 당신 오빠의 유해(遺骸)를 부둥켜안고 목 놓아 우셨다. 다행히 큰외삼촌은 서울 현충원에 안장됐지만, 작은외삼촌은 63년째 실종전사자 상태로 지하를 떠돌며 돌아오지 못하고 계셨다. 큰외삼촌이 현충원에 잠드신 후, 어머니는 양면의 응어리를 안고 사셨다. 오빠를 다시 찾은 기쁨과 아직 지하 어딘가에 쓸쓸히 잠들어있을 남동생에 대한 죄책감이 어머니를 괴롭혔다.

나는 육군수색대에서 오래 근무하다 몇 년 전 자진해서 마크리에 들어왔다. 그것은 어머니의 눈물과 무관치 않다. 그러나 그것은 내 욕심이었다. 나는 지금껏 아들로서 어머니에게 마크리 단장이 되어서도 이렇다 할 희소식을 안겨드리지 못했다. 어머니는 아내가 잠시만 방심해도 집을 나가셨다. 벌써 여러 번. 언제는 다른 지역에서 어머니를 찾았다. 또 다른 날에는 우리 아파트단지를 7킬로미터나 벗어난 개울물에 떠내려가는 것을 기적처럼 구출했다. 어제는 우리 집에서 2킬로미터나 떨어진 다른 지역 논에 걸어 들어가 무논 한가운데 기운을 잃고 쓰러져 계신 것을 119의 위치 추적으로 간신히 모시고 왔다. 다행히 대학후배가 소방경으로 있어 신세를 지고 있지만 앞으로가 더욱 걱정이다. 어머니는 집을 나가시면 언제나 들판이나 산으로 끝없이 걸어가시는 특징을 나타내셨다. 그래서 더욱 위험했다. 인적이 드문 곳만 골라 사라지시는 어머니. 안전을 위해 걸어드린 목걸이인식표도 오가는 사람이 드문 산이나 들판에서는 별 효용이 없었다. 어머니를 그토록 밖으로 불러내는 힘은 무엇일까? 그것은 바로 전쟁으로 잃은 오빠와 남동생을 향한 그리움일 것이다.

새벽, 또 하루가 시작되었다. 오늘 지시가 내려온 발굴지는 집에서 먼 곳이라 서둘러야 한다. 간밤에도 어머니는 나를 오빠라고 부르며 잠시도 떨어지지 않으셨다. 내 곁에서 주무시는 어머니. 거실 소파에 구겨지듯 피곤한 얼굴로 혼자 잠든 아내. 나의 하루는 이 두 여인을 향해 이불을 덮어주고 나오는 것으로 시작된다. 어머니가 깨시면 나를 따라오려 해서 곤란하다. 최대한 소리 안 나게 칠흑 같은 어둠을 향해 문을 나선다. 우리 마크리는 처음 2000년도부터 육군에서 추진하던 한시적인 기념사업이었다. 이후, 2006년 국방부에서 정식으로 창설이 된 부대다. 우리 마크리 본부는 현충원 옆에 위치해있다.

여느 때처럼 어둠이 가득한 연병장에서 군악대가 우리를 맞았다. 우렁차게 들려오는 군악대의 연주와 스피커를 통해 들려오는 군가가 이번 발굴지의 장엄함을 암시한다. 아직 어둠이 가시지 않은 연병장에서 발굴 병들이 일사분란하게 움직인다.

"자! 집합! 오늘 우리가 책임질 발굴지는 강원도 평창군에 위치한 잠두산과! 백석산이다! 어디라고?"

"잠두산과! 백석산입니다!"

"그래! 잠두산과 백석산이다! 그곳에 잠들어계신 우리들의 선배님들을 기필코 이번에 만나자! 최선을 다해 고이 모시고 함께 뜨거운 전우애로 그 산을 내려오자! 알겠나?"

"옙!"

"단 한 사람의 낙오자도 없이 완벽하게 임무를 완수! 복귀한다! 알겠나?"

"알겠습니다!"

"자! 오늘 이동경로는 평창군 대화면 신리삼거리로 해서 모릿재와 진부면 오름길을 통과한다. 다시 해발 천이백사십삼미터인 잠두산 정상에서 발굴 작업을 한 후, 비박을 한다. 그 다음날 다시 안부지역과 신리3리를 지난 후 다시 오름길을 지나 해발 천삼백육십사 미터인 백석산까지 간다! 바로 그곳이 이번 발굴지의 마지막 종착지점이 될 것이다! 자! 개인 식량과 물 점검!"

"점검!"

"삽 호미 트롤 벌목도 그리고 발굴 장비와 GPS! 확실히 모두 챙겼나?"

"챙겼습니다!"

"통신장비, DSLR, 캠코더, 목관! 모두 다시 한 번 점검한다. 실시!"

"실시!"

"모두 잘 들어라! 제군들이 이미 잘 알다시피 우리는 비전투 특수부대다! 전 세계에 단 둘뿐인 자랑스러운 마크리 중 우리가 그 하나다! 알겠나?"

"옙!"

"우리 국방부 유해 발굴 감식단은 '단 한 명의 전우도 전장에 남겨두지 않는다.' 모두 복명복창한다."

"우리 국방부 유해 발굴 감식단은 단 한명의 전우도 전장에 남겨두지 않는다."

"소리가 그것밖에 안 나오나? 다시!"

"우리 국방부 유해 발굴 감식단은 '단 한 명의 전우도 전장에 남겨두지 않는다.'"

"좋아! 선두 출발준비!"

"선두 출발준비!"

"출발!"

"출발!"

나의 출발 명령과 함께 부대 문을 나서는 십여 대의 차량들. 우리 마크리는 현장으로 출동하기 전 가장 먼저 조사과에서 과거 전쟁지역을 조사한다. 그다음 발굴과인 우리 발굴부대가 현장에 나가 전사자 유골을 발굴한다. 발굴지에서 유골이 나오면 곧바로 현장에 대기 중인 이동감식소 차량내부로 옮겨진다. 옮겨진 유골들을 일차 DNA감식을 통해 유족을 찾는다. 사전에 채혈한 유가족들의 DNA지도를 비교하며 검사가 진행되는 것이다. 일차적으로 유가족이 확인되면 그 유골은 다시 부대로 옮겨져 더 정밀한 감식의 절차를 밟는다. 이렇게 해서 정확한 결과를 얻은 전사자의 유해는 영현 팀의 예우를 받으며 국립묘지에 안장해드리게 되는 것이다. 이것이 우리들의 임무이다.

우리 부대는 일반군대의 차량과 다른 사제차량을 사용한다. 우리 발굴과의 발굴병들은 모두가 육군이다. 대부분 산악지형에 능숙한 수색대원 출신들이다. 그것은 바로 6.25 격전지가 대부분 산꼭대기에 위치해있기 때문이다.

"야! 이 새끼야! 이 일을 한 지가 얼마나 되었는데 아직도 빌빌거리나? 똑바로 안 해?"

"죄, 죄송합니다!"

개인당 이십 킬로그램에 달하는 짐을 짊어지고 해발 천 고지 이상의 산들을 하루에 적게는 이십 킬로미터, 많게는 그 이상씩 이동하며 발굴 작업을 진행하니 발굴병들이 지치는 것은 당연하다. 그러나 발굴 진행 중에 책임자인 내가 다정하게 대해주면 마음이 풀어져 잦은 사고로 연결된다. 안전하게 일이 모두 끝난 후에야, 그때 나는 그들을 뜨겁게 안아준다. 몇 시간을 달리자 태양이 떠올랐다. 햇살에 드러난 산은 한 마디로 장관이었다. 장엄한 산세가 파노라마처럼 이어졌다. 오늘의 이 평화로운 조국이 있게 한 우리 선배들을 오늘은 여러분 찾게 되길 바라는 마음으로 주변 산을 돌아본다. 잠두산과 백석산을 중심으로 원근의 산들이 병풍처럼 펼쳐졌다. 뒤쪽으로 진부읍내와 오대산 월정사도 눈에 들어왔다. 바람은 시원했다. 하늘은 눈이 시리도록 맑고 푸르렀다. 잠두산에서 개인호 흔적이 엿보이는 곳들부터 땅을 파기 시작했다. 우리는 삼백 개가 넘는 개인호를 팠다. 이렇다 할 결과물은 얻지 못했다. 발굴병들은 지치고 별 성과가 없어 조금 일찍 철수했다. 중간에 비박을 하고 다음날 우리 발굴단은 백석산으로 향했다. 하얀 구름 위로 백석산 봉우리가 솟아있다. 신선들이 살면 딱 어울릴 경치다. 발굴병들은 이미 땀으로 파김치가 되었다.

"자! 이 표시 선 안쪽에서 육이오 때 우리 선배들이 팠던 개인호를 찾아야 한다! 알겠나! 만약 나라면 어디쯤에 내 안전을 위해 개인호를 파겠는지, 산의 모든 환경을 보면서 내 마음을 낱낱이 읽어라! 그러면 돌아가신 선배님들의 흔적이 보일 것이다! 알겠나?"

"엡! 알겠습니다!"

"육십년 세월을 고독하고 어두운 지하에 잠들어 계신 전우들을 잊지 마라. 엄숙하고 경건한 마음으로 발굴을 시작한다! 알겠나!"

"엡!"

"자! 그럼 발굴시작!"

"발굴시작!"

메.시.지.왔.어.요-

'단장님. 불독의 안색이 심상치 않습니다. 결국 송이버섯 산주인이 일을 친 모양입니다. 단장님을 징계할 내용을 회의하는 눈칩니다. 윗분들은 왜 저럴까요? 언제까지 저럴 건지 답답하

기만 합니다. 암튼, 백석산 발굴작업 무사히 잘 마치시고 문자 보시면 즉시 전화 좀 주세요.'

발굴병들과 백석산 인근부대에서 나온 지원병들은 있는 힘을 다해 발굴을 하고 있었다. 마크리의 발굴병들 삽질실력은 대단하다. 우리는 야전삽 몇 개와 호미 몇 개로 순식간에 작은 개인호 하나를 수영장만 하게 만들기도 하고 사람이 걸어 다닐 만큼의 토굴을 파내기도 한다. 혹시 우리는 두더지 후예들이 아닐까 싱거운 생각이 들 때도 있다. 얼마쯤 지났을까.

"어! 단장님! 단장님! 이것 좀 봐주세요!"

한 발굴병사가 나를 급히 불렀다. 가까이 가보니 흙속에 길고 검은 뭔가 보였다.

누군가의 부러진 정강이 뼈 하나와 낡은 단추 두 개. 녹슨 숟가락 하나가 흙속에 묻혀 있었다. 나는 긴급히 그 곳에 전문 발굴병을 투입시켰다. 전문 발굴병들은 특수 솔과 석회가루를 소지하고 현장으로 달려왔다.

메.시.지.왔.어.요-

'단장님. 전화가 안되네요. 이곳 분위기 불길합니다. 불독이 결국 일을 낼 모양입니다. 단장님 제 문자 보시면 연락 좀 주세요. 제발요……'

내 예측이 제대로 명중했다. 발굴지 곳곳에서 각종 상상 못한 물건들이 속속 발굴되기 시작했다. 지금껏 이 일을 해오면서 오늘처럼 다양한 유품들은 처음이다. 적군과 아군들의 뒤섞인 군장들도 여러 점 발견되었다. 북한군들의 소유인 듯 보이는 스푼, 아군의 유골 옆에서 찾은 시계, 살은 이미 흔적도 없고 앙상한 손가락뼈에 끼워진 채 발굴된 반지, 안경, 담뱃대, 수첩, 누군가의 어머니 사진, 난생 처음 보는 옛날 도장, 어느 병사가 쓰고 아직 보내지 못한 편지까지 비닐에 고스란히 싸인 채 발굴되었다. 나는 여러 감회가 밀려와 심장이 멎는 것 같았다.

메.시.지.왔.어.요−

'여보, 발굴 작업은 잘 진행되고 있어요? 아까 오전에 상사한 분과 당신 동료 윤단장님이 연락도 없이 갑자기 다녀가셨어요. 자세한 말은 없었고요. 그냥 차 한 잔 마시더니 갔어요. 왜 왔는지 물어도 말을 않네요. 당신 무슨 일 있어요? 당신 계신 곳이 전화가 안 되네요. 문자 보시면 연락 좀 주세요⋯⋯..'

"거기! 야! 박 하사! 너 내가 발굴지에서 나온 흙 함부로 훼손하지 말랬잖아! 유해가 눈에 안 보인다고 흙을 함부로 다루라 누가 가르쳤어! 어? 제발 애들 관리 좀 잘해! 흙 한줌까지 모두 살펴봤어? 흙 거를 채 있는 대로 더 가져와봐! 야! 누가 감히 유골 위로 넘어 다니래! 이런, 건방진 녀석! 윤상병 너 미쳤어? 넌 네 부모도 그렇게 밟고 다니냐? 이 건방진 새끼! 너 엎드려! 박 하사! 이 정신 나간 놈 좀! 정신 차리게 빡세게 돌려! 에잇, 한심한 놈!"

무수한 물건들이 순식간에 햇살에 드러났다. 그들은 너무 많은 말을 한꺼번에 내게 걸어왔다. 나는 몹시 진정이 안 되어 잠시 경계선 밖으로 나가 담배 한 개비 피고 다시 돌아왔다. 내가 다시 현장으로 돌아왔을 때는 탄피도 두 개나 발굴되어 있었다. 탄피가 발견된 곳으로 발굴이 진행될수록 수류탄 고폭탄, 지뢰 폭약들이 쏟아져 나왔다.

"자! 잠시 휴식! 모두 경계선 밖으로 나오도록. 각자 개인 비상식량들 꺼내 시식한다! 실시!"

"실시!"

나는 발굴병들의 사고를 막기 위해 잠시 모두를 현장에서 물렸다. 긴급히 산 아래 대기 중인 EOD를 불렀다. 무전을 받고 산 정상으로 폭발물 처리반이 올라왔다. 그들이 금속탐지기로 폭발물 현 상태에 대한 현장 정밀검사를 했다. 오전에 발굴이 된 유골 주변에서는 감식반의 빗질이 분주했다. 곳곳에 석회가루가 뿌려지고 접근금지 구역 표시가 이뤄졌다. 구덩이 하나가 더 파졌다. 먼저 나온 것은 북한군 것으로 보이는 총탄이 반쯤 박힌 돌덩이가 흙 속에 묻혀있다. 총탄은 녹이 슬어 검붉은 빛을 띠고 있었다. 그 바로 옆에서는 머리에 총상을 입은 두개골 하나가 또 나타났다. 검게 뚫린 두 개의 눈구멍. 헤벌어진 턱에서는 아직도 그날의 비명이 흘러나오는 듯했다. 건강하고 치밀한 치아. 유해 상태는 상상외로 양호했다. 유해는 낡은 비닐에 싸인 짧은 편지를 품고 있었다. 비닐 때문인지 다행히 유해보다 보관상태가 좋았다. 전사자 두개골에는 검은 총탄 구멍이 나있었다. 고통스러운 표정이 그대로 묻어났다. 고통스런 표정 옆에서 오래되어 보이는 인식표도 추가로 발견되었다. 오래되어 글씨는 잘 보이지는 않았다. 산 아래 가져가 화학물에 잠시 담갔다 건지면 훤히 알 수 있을 것이었다. 찌그러진 버드와이저 캔과 콜라병도 나타났다. 이런 곳에서 발굴된 유골은 연합군일 확률이 높다. 모신나강트 소련제 소총탄도 몇 개 발굴되었다. 작은 화장품도 현장에서 발견되었다. 유품들을 보면 비로소 우리와 같은 인생을 살아가던 인간이었다는 것이 실감나곤 했다. 최근 들어 가장 큰 결실이었다. 흥분을 감출 수 없었다. 작업은 사흘간 계속 되었다. 발굴된 유해들 앞에서 우리는 중요한 사진촬영과 영상촬영 등을 했다. 준비해 간 흰 국화도 헌화해드렸다. 소주와 막걸리, 명태포로 약식 노제도 지내드렸다. 나는 제를 마치고 준비해간 태극기와 목관을 가져오라 지시했다. 발굴단 일동은 전사자에게 마음을 다해 거수경례를 한 후, 모든 마무리를 진행했다. 백석산에서 발굴된 유해를 봉송 차량에 정중히 모셨다. 납골함처럼 정갈하게 준비된 차량이 흙 속에서 나타난 침묵의 전우들을 어머니처럼 품에 안고 먼저 본부로 출발했다.

"대대장님 방금 뭐라고 말씀하셨습니까?"

불독이 나를 보자 또 물어뜯으려 으르렁댔다.

"이봐! 김 준위! 내 말 못 알아듣겠나? 내 말이 그렇게 어려워? 얼마 전 집단 사살지역 발굴하다 물의를 일으킨 거 벌써 잊었나? 그 민원이 청와대까지 들어갔다구! 내가 앞전에 말 했잖아? 더 긴 얘긴 나도 피곤하네! 나두 이런 말 자꾸 곤란하니, 자네가 알아서 책임지고 처리해! 더 쉽게 말해줘?"

"⋯⋯아닙니다. 무슨 말씀이신지, 알아들었습니다."

모든 것은 불독의 꿍꿍이대로 착착 진행되었다.

"당신⋯⋯ 괜찮아요? 너무 마음 쓰지 마요. 설마 산 입에 거미줄 치겠어요?"

"흠⋯⋯ 어머님은?"

"주무세요. 그런데, 여보 앞전에 당신이 발굴단 이끌고 백석산에서 발굴한 유골이 엄청나다면서요? 오늘 낮에 감식반 홍 하사님이 안부전화 왔었어요. 당신 괜찮냐고⋯⋯ 백석산에서 발굴된 유해가 이번에 유가족들에게 제법 많은 희소식을 전하게 될 것 같다고요."

"⋯⋯그래야지. 내 생에 마지막 발굴 작업이었으니 더욱. 저, 여보."

"네?"

"나 말이야……."

"네, 말씀하세요."

"이 나이에, 이제 어디 취직은 어렵고…… 산악안전구조대 일이나 한번 해볼까 하는데……."

"당신 너무 힘들지 않을까요? 그동안도 만날 내근 한번 못해보고 늘 산에서 한뎃잠 자면서 고생만 하셨잖아요?"

"괜찮아…… 나 내일 그 일 좀 알아봐야겠어."

"그러세요. 그리구 여보, 정 안되면 좀 쉬시면서 천천히 다시 생각해요. 우리 당장 굶어 죽지 않으니까. 너무 조급해하지 말고요……. 사람이 좀 쉬기도 해야지요. 네?"

"알았어."

모내기 하려고 가득 물 대어놓은 논에서 치매로 길 잃은 어머니를 봄에 찾았던 기억이 떠오른다. 어머니는 다행히 더 심해지지는 않았다. 어느새 가을이다. 이곳에서 산악구조원으로 일하게 된 지도 벌써 시간이 제법 흘렀다.

힘든 것은 없다. 다만, 그때 불독의 책임지라는 말과 함께 나는 마크리 단장이라는 옷을 벗어야 했다. 내 자리에 불독의 직속후배가 전임해왔다는 소식을 홍하사가 귀띔해주었다. 불독은 자신이 계획했던 대로 되었다. 결국 어머니가 그토록 찾길 원하시던 작은 외삼촌 유해는 찾지 못한 채 나는 일반인이 되고 말았다.

속리산은 변함없이 단풍이 물들고 산객들은 단풍보다 더 울긋
불긋한 차림으로 한껏 물들어갔다. 오늘 오전에는 여타 사고접
수가 없었다. 등산로는 만원이었지만, 다행히 나의 시간은 오
랜만에 고요했다. 산장에서 주변을 내려다보면 한결같이 드는
생각이 있다. 모두는 단풍에 들뜨고 환호하지만 내게는 언제부
턴가 화려한 단풍은 눈에 들어오지 않는다. 단풍 아래 덮인 전
우들의 신음소리만이 단풍보다 더 붉게 메아리쳐온다.

'칠십여 년 간 끊이지 않는 비명소리를 어머니는 어떻게 견
디셨을까⋯⋯?'

치매가 안 오는 것이 오히려 더 이상할 것이다. 맨 정신으로는
결코 견딜 수 없는 날들의 고통. 어쩌면 어머니는 당신의 정신
을 내려놓고서라도 좀 더 오래 생의 끈을 부여잡고 동생을 기
다리고 싶으신 것인지도 모른다. 나는 미치도록 어머니의 과거
를 찾아드리고 싶었다. 그러나 이룬 것은 없었다.

'띵동'
메.시.지.왔.어.요-

'단장님! 눈부신 하늘입니다. 점심은 드셨나요? 방금 급보 하
나가 접수 되었어요.'

홍하사다. 그녀는 마크리를 퇴역한 지금의 나에게 아직도 단장

님이라 불렀다. 나는 한껏 가을오후를 만끽하며 커피 한잔 중이다. 홍하사와 문자를 좀 더 나눴다.

'급보? 뭔데?'

'몇 달 전 단장님이 백석산에서 발굴한 유해와 편지 유품들 중에 인식표 하나 있었죠?'

'어, 그거 벌써 결과 나왔어?'

'네. 그게, 알고 보니 형제였어요. 그 낡은 편지를 품에 갖고 있던 전사자 있죠? 두개골에 총상을 입었던. 그가 손에 갖고 있던 인식표에 적힌 전사자와 형제 같더라고요. 정리해보면, 백석산에서 발굴된 그 전사자 유해는 현준철이고요, 인식표에는 현준식이라 적혀있어요. 아마 백석산 전투 이전에 어딘가에서 형의 죽음을 목도하고 그 인식표를 챙겼던 모양인데…… 백석산 오기 전에 다른 곳에서는 두 형제가 함께 전투를 했나 봐요. 그곳에서 형이 전사를 한 것 같아요. 혹시 알아요? 이미 먼저 전사한 형은 국립묘지에 잠들어 계실지…… 내일 그것두 좀 조사해보려고요. 편지에 쓴 내용 밑에 보내는 사람 이름이 적혀 있었는데. 인식표에 있던 이름과 비교해보면 돌림자일 확률이 높아요. 놀랍죠?'

'……잠깐! 홍 하사. 그 두 전사자 이름이 뭐라고?'

'현준식 현준철요. 그 옛날에 지었을 이름인데. 이름이 참 멋지죠? 예쁜 누나를 부르던 편지글이 눈에 선해요. 그 예쁜 누

나를 왠지 저도 한번 보고 싶어지는 거 있죠? 후훗. 단장님. 편
지글 한번 읽어보실래요?'

1951년 9월 11일 수요일 −흐림−

누나,

나는 지금 밤하늘을 올려보고 있어. 별이 곳곳에서 반짝여.

밤하늘 가득 달콤한 팥죽이 끓고 있어.

우리 누나가 만들어주던 팥죽은 정말 일품이었지.

언제쯤 다시 집으로 돌아가 그 그리운 단맛을 볼 수 있을까?

내일 전투에서 이기고 나면

어머니 아버지 그리고 누나를 힘껏 부르며 고향으로 돌아갈

수 있을까?

내가 사랑하는 모든 이들이 오늘밤도 안전하길 바라며……

이만, 내일 전투 다녀와 또 쓸게.

이 편지가 언제쯤 우리누나에게 도착하려나.

내일 행군하다가 꼭 부칠게. 누나 잘 자. 예쁜 누나 안녕.

아참, 누나가 보내준 편지 잘 받았어.

누나가 보내준 편지가 내게 큰 용기가 되고 있어.

그럼 잘 있어. 내일 밤에 또 쓸게.

세상에서 제일 예쁜 우리 누나, 지금은 더 예뻐졌겠지…….

누나, 너무 보고 싶다.

'작은외삼촌이다!'

홍하사가 문자로 보내준 편지가 섬광처럼 내 심장을 덮쳐왔다. 나는 예리한 뭔가에 찔린 듯, 속리산 비탈길을 거침없이 내달렸다. 순간, 대한민국 특수부대 마크리(MAKRI)의 구호가 탄알처럼 날아와 귓속에 콱, 박혔다.

'그들을 조국의 품으로!'

루나와 함께 비행을 하면 다른
생각이 나지 않아 좋았다.
봄이었다.
발 아래 세상은 온통 꽃 세상이었다.

7
g의

별

"또야? 이번엔 어디로 가는데?"

"단양 양방산 활공장. 후훗."

나는 미안해서 웃음을 짓는다. 만삭인 아내가 한껏 부푼 배에 손을 얹고 힘겹게 나를 본다. 내가 품에 안으면 한줌 겨우되던 개미허리는 간 데 없다. 사과보다 더 완벽했던 아내의 힙 라인은 뭇 남성들을 숨 막히게 했었다. 지금은 풍선처럼 늘어난 아내의 몸. 내 아내의 개미허리는 어디 갔을까? 산달이 다가오자 아내는 배가 무척 많이 불렀다. 아내는 나를 더는 못 말리겠다는 표정이다. 거실에 엎드려 낙하산 헬멧 무전기를 점검하는 나를 빤히 본다.

"자기는 그게 그렇게 재밌어? 그 위험한 게 뭐가 좋아?"

"에이, 위험하긴. 안전수칙만 잘 지키면 도로교통사고보다 훨씬 안전한 게 이건데? 자기도 예전에 나랑 많이 타봤잖아? 자기 그 기분 벌써 잊은 거야?"

아내는 그 때의 짜릿함을 잠시 떠올렸는지 표정이 조금 누그러진다.

"그래서 언제 올 건데?"

"내일. 늦지 않게 올게."

"난, 이번만큼은 자기랑 우리 루나 출산 준비 하려 했는데……."

아내의 말에 미안함이 가득 밀려왔다.

"자기야 미안해, 오늘 비행은 내가 유일한 텐덤 파일럿이라 절대 빠질 수 없는 상황이야. 내일 일찍 돌아올게. 같이 쇼핑하자. 알았지? 다녀올게."

나는 입술을 삐죽이는 아내를 안아주고 단양으로 차를 몰았다. 루나는 뱃속 아가의 태명이다. 루나는 딸이다. 얼마 전 병원에서 분홍색 옷을 준비하라고 넌지시 흘려준 말로 알아챘다. 우리는 딸을 원했으니 행운이다. 루나는 우리의 바람대로 별 탈 없이 잘 자랐다. 아내의 뱃속에서 무중력하고 광활한 미지의 세상을 우주비행사처럼 비행중이다.

아내는 결혼 전에 유명한 슈퍼모델이었다. 몇 년 전 모델 팀에서 내가 대표로 있던 나사창공이라는 고공스포츠 클럽에 화보 촬영차 방문했었다. 아내는 그 때 탠덤이었던 내가 2인 비행으로 태운 승객이었다. 그녀의 생애 첫 번째 비행을 내가 함께 했다. 내 품에 안겨 발아래 세상을 향해 환호하던 미모의 슈퍼모델. 아내는 무대 위의 차갑고 도도했던 이미지와 사뭇 달랐다. 제법 당돌한 성격이긴 했어도 볼수록 사랑스러웠다. 그 후 한동안 개인비행이 가능할 때까지 내가 맡아 교육을 했다. 우리는 그렇게 사귀다 결혼했다. 주변에서는 모두 우리 부부를 완벽한 환상의 커플이라며 부러워했다. 전성기를 맞은 미끈하고 아름다운 모델과, 창공을 가르는 한 사내의 결합이었다. 나 역시 오랜 운동으로 다져졌던 체격이라 어디에도 빠지지 않았다.

루나는 그렇게 해서 나와 아내의 딸로 이 세상에 태어났다. 아내의 말에 의하면 루나는 달의 여인이라는 뜻이라 했다. 외국을 자주 다니던 아내는 루나가 세계적인 인물이 되길 원했다. 그래서 더욱 루나라고 이름 지었다. 태명이었지만 아내와 나는 임신한 열 달 동안 그 이름을 부르며 정이 많이 들었다. 루나가 태어난 후 우리는 그대로 출생 신고 란에 루나로 기록했다. 아내가 루나를 낳자마자 기획사에서는 언제쯤 나올 거냐고 보챘다. 나는 내심 아내가 모델 일을 그만두길 바랐지만 아내가 좋아하는 일이라 강하게 말을 못했다. 내 욕심만 앞세

우기엔 아내의 능력이 아깝기도 했다. 아내는 출산 후 백일 간 루나와 함께 있다가 다시 매니저가 붙여졌다. 그렇게 처절하게 몸 관리에 들어가더니 다시 활동을 시작했다. 예전의 모습을 되찾은 아내는 여전히 매력적이었다. 루나의 양육문제로 우리는 엄마와 함께 살게 되었다. 아내는 무척 바빴다. 딸아이의 유치원 행사에도 아내는 전혀 가볼 수 없었다. 이태리 밀라노 패션쇼에까지 한국대표로 발탁되어 국내보다 해외에 더 오래 머물곤 했다.

"여보, 미안해서 어쩌지? 우리 루나 입학하는 거 보려고 꼭 입국하려 했는데 중요한 국제 행사가 또 잡혔어. 내 맘대로 빠질 수 없는 상황이야. 미안해 여보."

"당신 일도 좋지만 너무하는 거 아냐? 애 엄마라는 자리는 아무것도 아냐?"

"미안해. 나두 조금만 더 하고 은퇴할 생각이야. 그 때 루나한테 몇 배로 더 잘 할게. 루나한테는 당신이 잘 말 좀 해줘. 그 대신 행사마치는 대로 귀국하면 이번에는 루나랑 오래 시간 좀 만들어볼게."

루나가 초등학교에 입학했던 날도 아내는 딸아이 곁에 없었다. 나는 루나가 외롭지 않도록 자주 활공장으로 데리고 다녔다. 예약된 승객들이 떠나면 오후에 가끔 루나를 품에 안고 함께 탠덤 비행을 했다. 루나는 어린나이에도 비행을 정말정말 좋아했다.

"우와! 아빠. 우리가 날고 있어요."

"루나야, 그래. 아빠와 우리 딸 루나가 함께 하늘을 날고 있다. 신나지?"

"아하하. 네! 정말 새처럼 날아가요. 근데, 아빠."

"음?"

"이거 얼마나 높이 날 수 있어요?"

"3천 피트까지도 날수 있지……. 루나, 근데 그건 왜?"

"아빠 3천 피트면 얼마나 멀어요? 이탈리아도 보여요? 거기 갈 수 있어요?

아빠, 우리 이거 타고 엄마 만나러 가면 안돼요?"

"아이고…… 우리 이쁜 루나, 엄마가 많이 보고 싶구나?"

"아빠, 엄만 왜 우리 보러 오지 않아요?"

"음……, 그건 엄마가 너무 바빠서 그래. 엄마는 모델 일이 지금 너와 아빠처럼 하늘을 나는 것만큼 행복한가봐."

"엄마는 일이 아빠와 나랑 함께 사는 것 보다 도 더 좋을까요?"

"그렇진 않을 거야. 이번 국제행사만 마치면 엄만 곧 오신다고 했어. 우리 루나랑 많이 놀아준다고 하셨어. 자, 루나야 발 아래 뭐가 보이나 봐봐. 후훗."

"우와, 아빠. 저기 좀 보세요. 발아래 세상이 백설공주 그림 퍼즐 같아요."

"그렇구나! 정말 퍼즐 같네. 백설공주 퍼즐처럼 동글동글 예쁜 논과 산과 집들과 호수가 여러 색으로 조각조각 맞춰져 있어!"

루나와 함께 비행을 하면 잠시 동안 다른 생각이 나지 않아 좋았다. 봄이었다. 발 아래 세상은 온통 꽃 세상이었다. 산과 들도 강물도 알록달록 동네 지붕도 모두 색색 물감이 잘 칠해진 그림 퍼즐 같았다. 한번 씩 활공장을 날고서 집에 오면 루나는 마음이 뻥 뚫린다고 했다. 엄마가 보고파 흐렸던 마음도 햇살처럼 환해진다고 했다. 친구들이 엄마이야기 할 때 부럽고 슬펐던 마음도 빨래처럼 뽀송하게 마른다고 했다. 학교에 들어가고 루나에게서 엄마의 그늘이 보일 때마다 나는 딸아이와 자주 하늘을 날았다. 루나가 초등학교에 입학한 후 몇 달이 지나 아내는 귀국했다.

아내는 마침, 서울 뉴스타 호텔에서 열리는 '2018 뷰티 슈퍼모델 한국 대표 선발전'의 심사를 위해 방한한 쥬아나 모델사의 멜라니아 파쉐 회장단과 같은 비행기로 귀국했다. 오랜만에 엄마를 본 루나는 함박웃음이 되어 풍선처럼 하늘 높이 날아올랐다. 아내는 그동안의 일들이 미안했던지 한동안 국내의 다른 스케줄을 모두 거절하고 루나와 함께했다. 이제야 집에 생기가 돌아 행복했다. 주말, 그동안 고생하신 엄마는 오랜만에 친구 분들과 온천여행을 가셨다. 루나와 아내와 나는 가족끼리 늘 못 가봤던 놀이동산에 갔다. 한참 재미있게 놀던 중 아내에게 전화가 걸려왔다. 국제전화였다. 통화가 유난히 길었다. 쥬아나 모델사 기획팀에서 걸려온 전화라며 아내는 떨리는 표정을 감추지 못했다.

"네. 네. 그래요? 음……, 물론 저야 좋지요. 네. 네. 조건은요? 음. 암튼 가족들과 상의해봐야 하는 문제라. 글쎄요…… 생각 좀 해 보고 답변 드릴게요."

대관람차 표를 사들고 줄을 섰던 나와 루나는 순서를 뒤로 미루며 통화가 끝나길 기다렸다. 아내는 전화를 하며 우리먼저 타라고 손짓을 했다. 나는 루나와 함께 관람 차에 올랐다. 루나와 내가 하늘로 서서히 올라가는 동안에도 아내는 까마득히 먼 아래에서 통화중이었다. 나와 루나가 탄 관람차가 아내만 저 아래 덩그러니 남겨 두고 점점 더 높이 올라갔다. 아내가 개미만큼 작아지는 동안에도 통화는 이어지고 있었다. 루나는 유난히 하늘 높이 오르는 것을 좋아했다. 어린 나이에도 전혀 무서워하는 기색이 없다. 루나는 내게 종종 답답하다는 말을 했다. 어린 것이 오래전부터 엄마 사랑을 듬뿍 받지 못해 그런 걸일까? 엄마가 늘 보고팠던 마음을 아마도 그렇게 표현하는 모양이었다. 그래서 그런지 루나는 땅보다 하늘을 무척 좋아했다.

하늘로 새처럼 날아올라 탁 트인 아래를 보면 어른인 나도 황홀한데…. 그 느낌은 어린 딸도 마찬가지인 모양이었다. 루나와 나를 실은 대관람차는 거대한 하늘을 한 바퀴 돌아 땅으로 서서히 내려왔다. 커피숍에서 아내와 마주앉았다. 루나는 카페 밖에서 동물 퍼레이드를 구경하느라 여념이 없었다. 이따금 우리를 향해 손을 흔드는 루나는 어느 샌가 정말 예쁘게 자라있었다. 제 엄마를 닮아서인지 희고 이국적인 얼굴은 어디에서나 눈에 띄었다. 키도 커서 같은 또래의 다른 아이들보다 성숙해 보였다. 전화를 마친 아내의 표정이 복잡해보였다.

"무슨 전화데 국제전화를 그리 오래 한 거야? 당신 이제 모델일 접을 거 아니었어? 그 쪽에서 무어라하기에 당신 표정이 그리 어두워?"

"여보. 나 마지막으로 딱 5년만 해외에서 활동하고 은퇴하면 안 될까? 약속할게! 딱 5년만 하고 정말 은퇴할게. 어? 이런 기회는 쉽게 오지 않아."

"뭐? 당신 지금 제정신으로 하는 말이야?"

나는 말문이 막혔다.

"여보. 밀라노 쥬아나 모델사 기획팀 대표가 직접 연락해 왔는데. 그 쪽 모델라인 한 파트를 내게 맡겨보고 싶다고 하네. 내겐 둘도 없는 기회잖아? 여보 나 꼭 해보고 싶어. 이번에 함께 내한한 스탭 중 한사람과 출국 전에 미팅하기로 약속했어."

"뭐? 당신은 모델이기도 하지만 루나의 하나뿐인 엄마야. 잊었어? 애는 곧 사춘기도 올 거고 엄마가 곁에 있어야지 가긴 어딜 간다고 그래? 그만큼 당신 일 했으면 할 만큼 했잖아?"

"여보, 정말 안 돼? 그럼 우리 이민갈래? 이참에 우리 루나 더 넓은 세계에서 성장하는 것도 나쁘진 않지. 여보 우리 그러자."

"그럼 내가 하던 내 일은 어쩌구? 그리구 연로하신 어머니는?"

"어머니는 우리랑 함께 가셔두 좋구, 이곳에 계시겠다고 하면 경치 좋은 곳에 집한 채 사드리지 뭐. 당신은 루나와 함께 이탈리아로 가서 당분간 쉬면서 다른 일 찾아봐도 좋잖아? 내가 버는 것으로도 우리 생활 충분하니까 급할 것두 없어. 여보 우리 그러자. 우리 루나 국제학교 보내구."

아내는 내 이야기를 듣는지 마는지, 자기 얘기만 다 하고는 다른 한곳에 집중하고 있었다. 우리가 논쟁을 벌이고 있는 커피숍 텔레비전에서는 서울 신라호텔에서 열리는 '2018 쥬아나 모델사 한국 대표 선발전'의 심사를 위해 방한한 멜라니아 파쉐 회장이 연합뉴스와 한창 인터뷰 중이었다. 아내의 시선은 이미 그곳에 빠져 있었다.

"당신은 어떻게 매사 그래? 그게 말처럼 간단한 일이야?" 인터뷰를 보던 아내가 나를 보며 말했다.

"안될 건 또 뭐있어? 어차피 당신과 내 인생의 주인은 우리잖아? 당신과 내 결정으로 우리 인생을 멋지게 만들어가는 거야. 루나도 훨씬 좋은 조건으로 옮겨가는 거구. 뭐가 문제야?"

"만약 내가 끝까지 반대한다면?"

"……그럼 루나를 당신이 5년만 어머니와 지금처럼 맡아줄래?"

나는 화가 났다.

"당신 너무하는 거 아냐? 엄마도 이젠 많이 늙으신 것 안 보여? 어떻게 당신 생각만 하냐? 만약 그것도 내가 거절한다면?"

"만약 당신이 거절한다면 내가 루나를 밀라노로 데려가 키울게. 당신과 어머니가 자주 놀러 오면 좋고. 아님 내가 먼저 루나랑 떠나고 당신이 어머님 모시고 이곳 정리한 후 와도 좋구 어때?"

"지금 당신 말은 어느 쪽이든 다 당신 일을 하겠다는 쪽이잖아?"

우리가 앉은 테이블 맞은편 텔레비전 뉴스에서 앵커와 쥬아나 모델사 멜라니아 파쉐 회장과의 인터뷰가 계속 흘러나왔다.

"모델에게 가장 중요한 자질은 환경에 재빨리 적응할 수

있는 능력이죠. 가족과 떨어져 이곳저곳을 떠돌아 다녀야하기 때문입니다. 예컨대 오늘은 미국 뉴욕이나 프랑스 파리, 그리고 이탈리아 밀라노 같은 세계 곳곳으로 수시로 이동해야 하는 게 모델이 하는 일이죠. 육체적으로나 정신적으로 강해야 견디고 그래야 살아남습니다."

"네. 한국 모델시장의 전망은 어떻게 보시나요?"

"한국은 이미 멋지고 훌륭한 모델들이 많습니다. 한국을 비롯해 중국이나 일본 등…… 이미 아시아 모델 시장은 거대합니다. 한국이 낳은 모델들은 세계와 경쟁할 수 있는 무한한 능력을 이미 오래전에 갖췄습니다."

떠났다. 아내는 결국 이탈리아 롬바르디아 주에 있는 밀라노 도시로 떠났다. 루나의 전학 문제도 짧은 순간에 모두 정리를 한 후였다. 나의 딸 루나는 산조르지오 국제학교에 일사천리로 입학했다. 무언가를 향한 아내의 결정력과 추진력은 차가울 만큼 거침없었다. 내가 생각하는 여러 문제점들이 그녀에겐 언제나 전혀 문제가 되지 않았다. 사람과 사람사이의 만남과 이별도 아내에겐 장애물이 되지 않았다. 미련이라는 감정은 애초부터 타고나지 않은 여자 같았다. 아내와 루나가 그렇게 급히 떠나고 나는 한동안 더 패러글라이딩 협회를 운영했다. 적임자는 생각처럼 쉽게 나타나주지 않았다. 그러는 동안 3년이 쏜살같이 흘렀다. 밀라노로 떠난 아내는 그야말로 동가식서가숙이었다. 엄마를 따라간 루나는 가정부와 함께 하는 시간이 대부분이었다. 나의 딸은 어느새 4학년이 되었다. 나는 루나가 떠나기 전 그 모습 그대로 딸아이의 방을 손 안대고 두었다. 가끔 딸아이가 그리울 때는 그 방에서 아이의 체취를 맡으며 잠을 잤다. 일기장도 루나의 패러글라이딩 사진도 그대로 놔뒀다. 언제든 그 방에 가면 청순하고 예쁜 나의 루나 체온이 느껴졌다. 놀이동산 가서 찍었던 사진을 보고 있으면 '아빠' 하고 부르며 사진을 열고 내 품속으로 뛰어들 것만 같았다.

며칠 전, 보고픈 내 딸의 꿈을 꾸었다. 루나가 꿈속에서 패러글라이딩을 저 혼자 해보겠다고 활공장에서 보챘다. 나는 안 된다고 타일렀다. 내가 활공장 안전을 위해 잠시 이동주차를 하는 그 사이에 루나가 혼자 패러글라이딩 낙하산을 타고 날아오르고 말았다. 나는 안 된다고 소리치며 루나의 낙하산을 잡으려고 뒤쫓아 달렸지만 붙잡지 못했다. 돌아오라고 목이 쉬도록 소리를 질렀다. 루나는 웃으며 나에게서 멀어져 점점 더 높이 날아가고 있었다. 순간, 한줄기 돌풍이 불어왔다. 그 순간 루나의 낙하산 줄 하나가 툭, 끊어지며 괘도를 이탈했다. 내 눈앞에서 루나가 탄 낙하산이 거칠게 흔들렸다. 루나가 먼 곳으로 추락하시 시작했다. ' 루나야! 안 돼! 안 돼!' 내가 울부짖는 소리에 내가 놀라 잠에서 벌떡 깼다.

밀라노는 지금 여름이다. 얼마 전 루나에게서 영상통화로 전화가 왔다. 우리 딸이었다. 학교마치고 집으로 가는 길이라 했다. 나의 루나는 몰라보게 많이 자라있었다. 아직 초등학교 4학년인데 중학생쯤으로 보였다. 엄마는 마르케 주 안코나 도시에 행사가 있어 갔다며 며칠 후 돌아온다고 했다. 루나의 모습 뒤로 강한 빗줄기가 보였다. 루나에게 어서 비 맞지 말고 집으로 가라고 한 후 끊었다. 나도 모르게 눈물이 났다. 밀라노는 건조하다가도 갑작스럽게 많은 양의 비가 온다고 했다. 사랑하는 루나의 목소리는 어딘가 외로워보였다. 마음이 아팠다.

나는 며칠 전 패러글라이딩을 하다 사소한 부상을 당했다. 착륙하면서 미루나무에 부딪힌 것을 대수롭지 않게 방치했던 것이 문제였다. 나는 대퇴부골절로 한쪽 다리 전체를 깁스하고 병원에 며칠 째 누워있었다. 루나가 너무 보고 싶어 잠이 오지 않았다. 시간을 보니 밤 12시를 막 넘기고 있었다. 옆의 환자들은 이미 잠들었는지 모두 고요했다.

한밤중에 전화가 왔다. 국제전화였다. 밀라노에 있는 아내였다. 그 나라는 지금 오후 4쯤 일 것이다. 아내의 목소리가 떨리

고 있었다. 뭔가 불길했다. 나는 환자들에게 피해가 갈까봐 급
히 병실복도로 나갔다. 학교에 갔던 루나가 3시간째 행방이 묘
연하다는 것이었다.

"뭐? 당신 지금 뭐라구 했어?"

"내가 전화를 못 받았는데, 아빠 보러간다는 문자가 하나 왔
어요. 그 후 연락이 안 되고 있어요. 여보, 흐흐흑! 어쩌죠?"

"루나가 나를? 그게 말이 돼? 다 찾아봤어? 루나를 돌보던
가사도우미는 뭐래?"

"오늘 학교에서 단축수업을 하는 날이래요. 1시면 집에 와
야 하는데. 가정부가 루나 오면 함께 쇼핑 가려고 기다리다 오
지 않아서 마트에 다녀와서도 한참을 기다렸다는데 아직 오지
않는데요. 흐흑! 여보…… 어떡해요."

"울지 말구 좀 진정해! 그, 그럼…… 루나 핸드폰은? 핸드폰
은 해봤어? 당신 어디야? 집이야?"

"아무리 해도 안 받아요…… 여보. 어떡해요…… 흐흑!
나는 지금 로마에요. 행사마치는 대로 나두 집으로 가려구
요……."

아내의 수화기 속에서 강한 빗소리가 함께 들려왔다.

"당신! 미쳤어? 엄마 맞아? 아니! 지금 애가 없어졌는데, 그
놈의 행사가 뭐 그리 중요해? 어서 당장 집으로 출발해! 어서
실종신고부터 하고 친구들한테 모조리 연락 좀 해봐! 학교 담

임은 뭐래?"

"실종신고는 했어요. 친구들도 그날 학교 밖에서는 만난 애가 없대요. 루나 담임도 그날 일찍 마쳐서 모두 다 집으로 갔다고 해요. 학교에서는 아무 일 없었다는데……."

"알았어! 당신은 빨리 지금 당장 집으로 돌아가 있어! 어서! 나도 지금 다쳐서 병원이야. 다리를 다쳤어. 내일까지 기다려보고 우리 루나 아무 연락 없으면 나도 곧장 그리로 갈 테니……. 진정하고 애부터 찾아야지!"

온 몸에 식은땀이 주룩, 흘렀다.

'나를 만나러 간다고 했다고……? 맙소사.'

복도로 나갔지만 서 있을 힘이 없었다. 나는 순간 추락하듯 비틀거렸다. 온 몸의 중력이 나를 끄집어내려 맨땅에 내던지는 느낌이었다. 나는 전화기를 들고 복도 끝 휴게실로 가서 문을 닫았다. 아내는 내내 울기만 했다.

"여보…… 어떡해요. 흐흐흑! 루나를 이곳으로 데려오는 게 아니었나 봐요……. 흐흑!"

"여보, 진정하구. 지금 우리가 할 수 있는 일은 다 했으니까. 우선 경찰들이 소식을 줄 테니 기다려 보자구. 제발 진정해. 아무 일 없을 거야. 우리 루나는 똑똑하잖아……?"

"알았어요…… 흐흑!"

아내가 수화기 저 너머에서 한참을 더 울다 코를 팽, 풀며 전화를 끊었다.

다음날도 루나는 아무 소식이 없었다. 루나 실종 소식에 신실한 엄마를 이모님께 부탁했다. 나는 서둘러 깁스를 풀고 밀라노로 날아갔다. 속은 타들어가는데 골절된 허벅지가 말을 듣지 않았다. 이탈리아 경찰들은 전국으로 루나를 찾아 나섰다. 거리에는 초를 다투며 포스터가 나붙었다. 루나의 사진과 인상착의를 알리는 미아신고로 긴급 방송이 전국으로 순식간에 퍼져나갔다. 그러나 우리 루나를 봤다는 사람은 어디에서도 나타나지 않았다. 다리의 통증은 점점 파도처럼 거세졌다.

모든 것이 낯선 타국에서 나의 딸을 찾을 방도가 떠오르지 않았다. 나는 정신이 반쯤 나갔다. 루나가 갈 만한 곳이 어디 있을까…? 한 가닥의 희망을 갖고, 이탈리아 패러글라이딩 국제 클럽에 도움을 청했다. 근처의 활공장도 모두 뒤져보았다. 혹시 루나와 비슷한 아이를 본 사람이 있는지 정신없이 뛰어다녔다. 헛수고 였다. 집근처 CCTV에도 아이는 없었다. 학교 근처 CCTV도 뒤져보았다. 그날 학교를 마치고 운동장을 가로질러 가는 모습만 잠시 찍혀 있을 뿐, 학교 정문이나 후문을 나가는 루나 모습 역시 어디에도 찍힌 게 없었다. 놀이동산도 동네 모든 마트와 놀이터도 동네 수영장도 모두 다 뒤졌지만 루나의 흔적은 어디에도 없었다. 루나가 다녔던 산조르지오 국제 학교의 모든 선생님들도 그날의 행적들이 명확했다. 나는 밀라노경찰국에 루나의 핸드폰 위치 추적을 다급하게 의뢰했다. 경찰에서는 실종 첫날 이미 위치 추적을 해봤지만 당일 오후 학교 밖에서 잠시 위치가 잡혔을 뿐, 그 후로는 추적기에 정보가 뜨지 않는다고 했다. 헛수고였다. 어디에서도 내 딸 루나를 찾을 길이 없었다. 모든 경찰과 군인들이 총동원 되어 교외로 나가 우범지역 모든 곳을 수색 했다. 찾지 못했다. 어디로 갔을까. 어디로 갔을까…. 루나를 향한 걱정이 골절된 허벅지의 통증을 산사태처럼 뒤덮고 있었다.

루나가 우리 곁에서 사라진지 한 달이 되어가고 있었다. 아내도 나도 탈진이 되어 반쯤 실신해 있었다. 오후 해가 저무는 시각. 밀라노경찰국에서 다시 시도한 루나의 핸드폰 최종 통화지역 위치추적에 성공했다는 연락이 왔다. 1차 강력팀이 그곳 현장으로 출발했다고 어서 그 현장으로 함께 가게 경찰서로 급히 와달라는 연락이었다. 나와 아내는 맨발로 달려 나갔다.

딸아이의 핸드폰 통화 기록을 찾아 한없이 교외로 달렸다. 한참을 달려가니 스트레사 지역의 마조레 호수가 나왔다. 앞서 출발한 강력계 팀장에게서 아내와 내가 타고 가는 경찰차로 급히 무전이 왔다. 연락을 받은 경찰들이 서로 뭐라뭐라 주고받더니 운전하던 경찰의 표정이 순간 일그러졌다. 아내가 신음소리를 내며 잡고 있던 내 손을 부서지도록 움켜잡았다. 마조레 호수는 얼마 전 내린 비로 만수였다가 이틀 전부터 물이 빠지기 시작했다. 루나는 마조레 호숫가에서 처참한 모습으로 발견 되었다. 온몸은 물에 퉁퉁 불어 있었다. 몸 곳곳이 물고기에게 뜯어 먹힌 흔적으로 차마 눈뜨고 볼 수 없었다. 길고 예뻤던 머리와 얼굴에는 수초와 황토 흙이 뒤엉켜 있었다. 가여운 루나의 주검과 핸드폰은 그곳 호숫가 모래사장에서 발견되었다. 며칠 전 폭우가 그친 후, 물 빠진 호숫가에서 나의 가여운 루나는 알몸의 싸늘한 주검으로 아빠를 원망하듯 바라보고 있었다. 아이는 처참하게 성폭행을 당한 채였다. 여름이라 이미 부패가 많이 진행된 상태였다. 루나의 자궁이 심하게 파열된 것을 본 아내는 그 자리서 정신을 잃고 구급차에 실려 갔다. 나의 가여운 루나는 그렇게 먼 타국 땅에서 아빠도 못 보고 짧은 생을 마감하고 말았다. 아이는 밀라노 시립 과학수사원으로 옮겨졌다. 딸아이의 몸에 남아있던 정액 일부와 호수 근처 CCTV 판독 요청을 했다. 어린 나의 딸은 다시 한 번 끔찍한 부검을 거쳐야만 했다. 부검결과 입안에서도 놈 DNA가 검출되었다. 나의 밝고 명랑했던 루나는 그렇게 창백한 부검서 몇 장을 남기고 이 세상을 떠나갔다.

 루나의 입 안 가득 정액을 쏟아놓은 범인은 얼마 못가 붙잡혔다. 그 놈은 루나가 다니는 학교의 젊은 경비원이었다. 붙임성 있는 루나와 평소 자주 대화를 나눴던 놈은 루나가 패러글라이딩 이야기와 함께 아빠가 있는 한국이 그립다고 자주 말했다고 했다. 놈은 자신이 한국을 보여줄 수 있다고 아이를 속였다. 그날 학교가 파하자 놈은 집으로 가려던 루나를 다정히 불렀다. 멋진 고공비행으로 아빠가 계신 한국을 보여주겠다며 조금만 기다리라고 루나를 붙들어 학교 경비실에 남게 했다고 실토했다. 모두가 퇴근한 후 루나를 선팅한 자기 차에 몰래 태웠다고 했다. 놈은 교묘히 교내 카메라의 사각지대로만 움직였다. 마약이 든 오렌지주스를 어린 루나에게 마시게 한 후, 마조레 호숫가로 태우고 가 무자비하게 성폭행을 했다. 놈은 마약 기운이 떨어지자 순간 겁이 나서 루나를 목 졸라 살해해 호수에 던져버렸다고 범행을 모두 자백했다. 놈은 무기징역 선고를 받고 구속되었다. 놈의 단죄는, 그 어떤 것도 보상해 줄 수는 없었다. 아무것도 소용이 없었다. 놈은 저렇게 두 눈을 뜨고 버젓이 살아있는데 나의 루나만 영영, 깨어나지 않고 있었다. 내가 여기까지 왔는데, 아빠라고 부르며 품에 안기지도 못하고 창백하게 안치실에 누워 있었다. 나는 그놈을 갈가리 찢어 죽여 버리고 싶었다. 놈의 살점 하나하나를 모조리 씹어 먹어버리고 싶었다. 나의 루나는 다시는 돌아올 수 없는 먼 길을 혼자 떠나고 말았다.

아내에게 간병인을 붙여 밀라노 병원에 남겨둔 채, 나는 루나를 화장시켜 품에 안고 고국으로 돌아왔다. 아이를 잃은 슬픔만큼이나 다리의 통증도 무겁게 나를 바닥으로 끌어내렸다. 루나를 핏덩이부터 키웠던 할머니는 소식을 듣고 정신 이상 증세가 나타났다. 어머니는 그토록 사무치게 보고파했던 손녀딸, 루나의 유골함을 보고도 빙긋빙긋 해맑게 웃기만 하셨다. 루나의 방 책상에 유골함을 놓아주었다. 딸아이 방은 4년 전 모습을 그대로였다. 아빠와 함께 했던 패러글라이딩 사진. 헬멧을 쓰고 작은 손가락으로 브이 자를 그리며 지금도 나를 향해 웃고 있다. 오래전 밀라노로 떠나던 그 해 아내와 루나 손을 잡고 놀러갔던 놀이동산 사진도 그대로였다. 벽에 걸린 우리 셋은 한껏 행복하게 웃고 있었다. 초등학교 1학년 때 쓰다 만 일기장도 책상에 그대로다. 엄마가 그리웠는지 낡은 일기장 한가운데 늘씬한 모델이 패션쇼를 하고 있는 크레파스그림이었다. 밑에는 울엄마가 자랑스럽다는 메모도 있다. 그 일기장을 바라보는데 눈물이 하염없이 흘렀다. 새끼를 가슴에 묻는다는 말을 나는 정말 뼈저리게 느꼈다. 아무리 크게 심호흡을 해도 숨을 쉴 수가 없었다. 가엾은 루나를 지켜주지 못한 내 자신을 용서할 수가 없어 몹시 괴로웠다. 아내는 밀라노 국립병원에서 아직도 치료 중이다. 나는 정신병동에서 넋이 반쯤 나간 나의 어머니를 안고 몇날 며칠을 병실에서 울었다.

"아범아……."

새벽녘 잠시 병상에 기대어 잠든 나는, 누군가 부르는 소리에 고개를 들었다. 어머니였다.

"루나 애비야······."

"어, 어머니. 정신이 드세요? 저를 알아보시겠어요?"

"애비야······ 이제 그만 울고 루나를 훨훨 보내줘······. 언제
까지 못 가게 품에 안고 울기만 할래······? 루나도 아빠가 이렇
게 매일 우는 걸 원치 않을 게야······. 아범아, 루나 이젠 보내
줘······. 응······?"

놀랍게도 어머니가 정신이 돌아오셨다. 그동안 없던 일이었
다. 루나를 이제 그만 보내주라는 어머니 말에 내 몸과 마음이
병실바닥으로 물처럼 흘러내렸다. 가슴이 미어지는 울음을 삼
키며 복도로 나갔다. 멀리 새벽이 밝아오고 있었다. 나는 퉁퉁
부은 얼굴로 어머니 병실로 되돌아갔다. 어머니는 그 새 다시
잠 드셨다. 아침 일찍, 회진 도는 시간에 어머니를 흔들어 깨웠
다. 어머니는 다시 내게 아저씨라 부르셨다.

'아저씨, 나 배고파······ 혹시 우리 손녀딸 못 봤수······?'

간밤 어머니 말씀이 온종일 뇌리에서 떠나지 않았다. 루나를
이제는 멀리 날아가게 보내줘야겠다고 생각했다. 나의 딸 루나
가 홀로 아빠를 기다리고 있을 집으로 돌아가는데 눈물 때문에
운전을 할 수가 없다. 차를 갓길에 세우고 라디오를 틀었다. 눈
물을 삼키며 다시 차를 몰았다. 그때 라디오 뉴스가 들려왔다.

"여러분은 혹시, 우주장이라고 들어보셨나요? 오늘의 지구촌 소식은 우주장이라는 놀라운 장례법에 대해 소개해 드릴까 합니다. 별들이 총총 아름답게 빛나는 하늘로 지금부터 저와 함께 별들의 고향으로 떠나보시죠."

나는 급히 볼륨을 키웠다.

"우주장이란, 유골을 작은 크기의 캡슐로 만들어 우주로 쏘아 올리는 장례 방법이라고 하는데요. 이 은빛 캡슐은 무게가 7그램이라고 합니다. 7그램의 반짝이는 영혼의 별이라……. 정말 세상의 어떤 별보다 눈부시게 빛나지 않을까요? 간단히 말해서 우리 손가락 하나 길이의 립스틱 사이즈의 은빛 캡슐이라고 합니다. 그 속에 고인의 머리카락과 손톱 등 유골의 일부를 넣어 밀봉한 후 로켓으로 쏘아 올린다는 우주장. 미국의 민간 우주기업 '스타페이스 y'는 지난 5월 첫 민간 상업로켓에 유골이 담긴 캡슐을 담아 발사해서 화제가 되었는데요. 우주에 뿌려지는 유골 캡슐은 최소 10년에서 최대 240년 동안 지구 주위를 시속 2만7000km로 돌다가 유성처럼 불타면서 아름답게 빛을 내며 지상으로 별똥별처럼 낙하하게 된다고 합니다. 이번에 발사된 유골 중에는 우주비행사, 영화배우, 미 항공우주국 엔지니어도 포함되어 화재입니다. 애청자 여러분 나의 영혼이 저 높은 하늘, 신비한 우주에서 눈부신 별이 되어 날아다닌다는 상상만으로도 놀랍지 않나요? 이제는 '하늘의 별이 되다' 라는 우주여행이 현실로 도래했습니다. 이상, 지구촌 소식이었습니다."

　나는 한 손에는 전화기를 들고 한손으로는 다급히 차를 돌렸다. 우리나라 여러 개의 장례서비스 업체와 통화하여 우주장' 시행업체 미국 나티스 사와 계약하고 국내 우주장 판권을 사들인 업체를 찾아냈다. 나의 사랑하는 루나는 늘 하늘을 좋아했다. 나의 딸 루나가 마지막 가는 길에 멋진 하늘을 선물해주고 싶었다. 우주에서는 엄마가 있는 밀라노도 아빠가 있는 한국도 한 눈에 잘 보이리라. 은색 캡슐에 루나의 모든 것 중 일부를 고이 담아 하늘로 보내주기로 했다. 하늘로 보내고 남은 루나의 유골은 세상에서 단 하나뿐인 다이아몬드를 만들어 나와 아내의 몸에 간직하기로 했다. 루나와 나는 앞으로 영원히 함께 할 것이다. 어린 나이에 엄마 아빠와 떨어진 채 불쌍하게 이 세상을 떠난 나의 딸. 앞으로 영원히 루나를 엄마아빠와 함께 있도록 해주고 싶었다.

　어느새 날씨는 가을로 접어들었다. 아내는 아직도 상태가 호전되지 못한 태 밀라노 국립병원에 누워있다. 어머니는 지금껏 정신병원에 계신다. 나는 루나의 일부를 미국 휴스턴에 있는 '스타페이스 y' 민간회사로 보냈다. 며칠 후, 로켓은 나의 딸 루나를 태우고 우주로 자유롭게 날아갈 것이다. 루나의 마지막 가는 길을 배웅해 주기 위해 미국행 비행기에 올랐다. 약속된 날, 아침. 미국 민간 우주기업 스타페이스 y는 10월 22일 미국 플로리다 공군기지에서 민간 상업 로켓 스타페이스 y-3호를 발사했다. 25일 국제우주정거장에 안전하게 도킹했다는 연락과 함께 일순간 샛별처럼 우주공간을 향해 날아가기 시작한 눈부신 별 하나가 영상 화면에 관측되었다. 나의 딸 루나였다. 나의 딸 루나가 드디어 멋지게 하늘을 날고 있었다. 스타페이스 y는 유가족인 나에게 그 모든 영상을 실시간으로 보내주었다. 나의 피붙이 루나는 이렇게 해서 아빠의 품으로 다시 돌아와 영원히 지지 않는 별이 되었다. 언제부턴가 허벅지의 통증이 말끔히 사라진 것을 느꼈다.

우리 루나를 하늘로 보내고 나는 다시 밀라노로 향했다. 아내는 멍청하게 허공만 바라보며 누워있었다. 내가 다가가도 전혀 알아보지 못했다. 나는 아내의 목에 루나의 분신인 작은 다이아몬드 목걸이를 걸어주었다.

"여보, 루나야. 루나가 다시 당신에게로 돌아왔어. 어서 기운 차리고 일어나야지……?"

아내는 병실 천장만 물끄러미 바라볼 뿐, 미동도 하지 않았다. 나는 비행기 시간 때문에 곧 병실 문을 나섰다. 고개를 돌려 아내를 바라보자 아내의 볼에서 눈물이 주르륵, 흘러내리고 있었다. 내가 탄 비행기가 힘겹게 이륙했다. 비행기 동체가 비정상적으로 흔들리다 정상궤도에 이르자 이내 고요해졌다. 나는 피곤한 눈을 잠시 감았다 떴다. 창밖으로 수많은 별들이 반짝였다. 별들이 창문 가까이 다가와 나를 바라보았다. 그 중에 우리 은빛 루나별도 보였다. 그 별과 함께 나의 몸은 끝도 없는 나락으로 떨어지는 기분이었다. 눈이 자꾸만 감겼다. 언제 다가왔는지 창밖에 루나의 생전 모습이 보였다. 루나가 환하게 웃으며 내게 속삭였다.

"하하하. 아빠, 준비됐어요?"

"음, 그래. 아빠 준비 됐어."

"자. 그럼. 빛의 속도로 저 우주를 향해 날아갈게요. 아빠, 내 손 꽉 잡아요."

"그, 그래…… 아가, 내 딸아…… 나의 사랑하는 루나야…… 어떤 일이 있어도 이제 다시는 아빠 네 손을 절대로 놓지 않을 거야…… 영원히……."

힘없이 감은 내 눈이 나도 모르게 젖고 있었다. 가슴 저 밑바닥에서 솟아오른 따뜻하고 긴 끈이, 밤새 내 얼굴을 적시며 흘러내렸다.

사랑하는 나의 아내
영인아, 우리 다시 시작하자
네가 너무 그립고
보고싶다…… 미치겠다.

목요일에 오는 편지

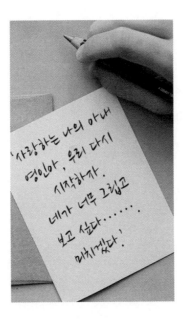

"그래서? 결국 가겠다고?"

설거지를 하던 은진이 행주를 비틀어 짜다 말고 무철을 빤히 돌아봤다. 무철이 소파에 앉아 심드렁하게 텔레비전 채널을 여기저기 돌리며 말을 받았다.

"그럼 어떡해? 여기서 내가 해볼 것은 다 해봤어. 그건 당신도 알잖아?"

"명서 학교는 어쩌고? 지금 고2인데 그 앨 데리고 어떻게 가자는 거야? 여보, 내년까지만 좀 더 버티면서 다시 생각해 보면 안 돼? 그때쯤이면 명서도 대학에 갈 테고. 그때 대학 기숙사로 들여보내고 내려가면 수월하잖아? 그동안 나도 일자리 좀 알아볼게. 쫌만 버텨봐."

"여보. 모든 일은 때가 있는 거야. 지금도 하루하루가 살얼음판인데, 일 년을 더 직원들 월급 빚내가며 버틴들 뾰족한 수 있어? 그러지 말고 명서는 처형한테 부탁하고 마음먹은 김에 내려가자. 그나마 있는 몇 푼 다 까먹기 전에, 사무실 임대하겠단 사람 나섰을 때 빨리 손 털자. 응?"

"휴우─. 알았어. 그럼 후회 없기다? 당신이나 나나 당분간은 지금보다 몇 배로 더 힘들 거야. 한번도 가보지 않은 길을 가는 게 얼마나 어려울지 짐작은 하지?"

"알았어. 뭐 어떻게든 되겠지……. 당신과 내가 몇 년 만 고생하면 곧 다시 일어설 수 있을 거야. 당신도 늘 귀농타령 했잖아?"

"글쎄…… 물론 그랬지. 허나 막상 당신이 불쑥 떠나자니 자신은 없지만 당신이 내린 결정이라 따를 뿐이야."

은진과 무철은 오랜 도시생활을 청산하고 나주로 내려가 과수원을 해보기로 결정했다. 은진의 남편은 오래전 대학 건축과를 나와 이십년간 그 일을 해왔다. 그러다 최근 갈수록 건축시장이 심드렁해진데다 몇 번의 부도로 순식간에 가세가 기울었다. 은진은 군에 간 아들에게 면회 가서 상황 이야기를 들려주고 딸 명서는 전학이 어려워 친정 언니 집에서 통학을 시키기로 했다.

♠

"어머. 너 결국 내려가는 거야?"

"그럼 어쩌냐……. 남편이 급히 내린 결정이라 나도 뭐가 뭔지 하나두 모르겠다."

"허긴, 어쩌면 그 게 더 나을지두 몰라."

"그러게……."

"그럼 명서는?"

"언니한테 수능 볼 때까지만 맡아 달라했어."

"그랬구나…… 은진아. 이왕 결정 한 거 내려가서 한번 잘 해봐."

"에이그, 나도 모르겠다. 내 앞날이 어찌되려고 이러는지. 오윤아, 요즘 같아서는 네가 한 없이 부럽다아……."

"지지배. 야! 설마 지금보다 더 안 좋아지기야 하겠어? 힘내! 과수원 바쁠 땐 나도 가서 거들어줄게."

"하하하, 정말 그래줄래? 네 남편은 요즘 어때?"

"뭐 매일 바쁘지. 얼마 전 일산에 이혼전문 변호사사무실 제법 크게 오픈했어. 요즘 부부들 이혼이 취미잖니. 이쪽은 요즘 더 대단하다. 눈만 뜨면 치정 엮인 사건에 뉴스마다 난리도 아니니. 모텔은 또 얼마나 많냐?"

"그 정도야? 인천서 일산까지 출퇴근하려면 니 신랑도 피곤하겠다."

"차만 안 밀리면 생각보다 가까워. 상담이 밀려 주체를 못

한다. 이걸 기뻐해야 하니 슬퍼해야 하니?"

"야! 돈 되는 일인데. 어디로 가든 서울만 가면 그만이지! 기뻐해라. 나처럼 다 늙어 과수원 한답시고 고생보따리 싸는 신세 안되는 게 어디냐?"

"지지배. 엄살은……. 너희 부부는 다시 잘해보려고 낙향하는 거잖아? 별 것도 아니구만 왜 이리 엄살이셔?"

"오윤아! 넌 요즘도 남편하고 뜨겁냐?"

"우리? 하하하. 뭐, 한 주에 서너 번은 꼭. 왜? 너넨?"

"하이구야, 오윤아 너넨 확실히 아직 신혼이구나!"

"은진아. 우린 한번 하면 내가 서너 번씩 오르가즘 느껴. 후후. 내가 까무라칠 때마다, 우리 준혁씨가 아주 좋아 죽는다, 죽어. 크크크."

"하이고, 이 늙은 아지매는 북풍한설이 몰아치는데. 이년은 아주 봄날일세. 야야, 우린 절간이다. 난 이방…… 남편은 저방…… 내 몸뚱이에 곰팡이 핀 지 오래됐어. 암만 오십을 넘긴 나이라도 그렇지 나도 여잔데, 사는 게 왜 이런가 모르겠다."

"그래……? 야, 너 옛날에 무철씨랑 연애할 때 하루도 안 거르고 만나면서도 매일 연애편지 주고받으며 좋아 죽더니, 왜 그렇게 식었어? 오죽하면 너 대학 때 현민이 임신해서 결혼 서둘렀잖아? 후후후. 이것아, 그 때 생각해서 잘 살아."

"누가 아니라니? 그게 오래 가겠냐? 감흥 사라진지도 이미 오래고…… 가족이라 그런가? 요즘 가족이랑은 섹스 안 한다며? 후후."

"맞다! 그리고 보니까 생각나네. 은진아. 너 그 수많은 연애편지들 다 어쨌어? 묶으면 소설 몇 권은 될 건데. 버렸어?"

"버리긴……. 그래도 지금껏 매번 이사 다니면서 내가 챙겼는데 현민아빠가 그걸 뭐 하러 궁상맞게 끌고 다니냐고 구시렁대더라. 몰라, 지하 창고 어딘가에서 미라처럼 풍장 되고 계시겠지……. 우리가 애들도 아니구. 이젠 나도 편지고 뭐고 유치하고 전혀 관심 없다……. 내 전화번호도 깜빡깜빡하는 판에 무슨, 지금은 내용들 전혀 기억도 안 난다. 그건 그렇구 너 몸은 다 낫어? 얼마 전 갑상선과 유방암 재검 했잖아? 괜찮대?"

"어, 전이 된 곳 없이 깨끗하대. 은진아 정말 신기하지? 나 우리 준혁씨 만난 후 정말 거짓말처럼 몸이 다 회복되고 엄청 좋아졌어. 병원에서도 면력역도 무지 좋아졌다고, 의사가 놀리더라니까?"

"아효. 부럽다 지지배야, 사랑의 힘이 정말 백약보다 좋구나. 하하. 정말 다행이다. 예전에 너 전남편과 살 때, 네 얼굴 오랜만에 보구 난 너 완전히 산송장 치루는 줄 알았다. 그때 결국 네가 이혼하겠다고 선언했을 때 난 너를 막지도 못하고. 속으론 너 병든 몸으로 어찌 혼자 살려고 저러나 했는데……. 준혁씨 만나고 여러모로 네가 몸이 좋아졌다니 참……. 준혁씨가 백 명의 의사보다 낫다. 허긴 뭐, 워낙 끔찍하게 여왕처럼 떠받들고 잘해주니, 네가 행복해서 어디 몸 아플 새나 있겠냐? 안 그래? 하하, 지지배. 부러워 배 아프다! 끊자! 후후."

"그니까. 너두 남편과 잘 해봐. 이번에 나주로 이사 가면 처음처럼 새 마음으로 다시 잘 해봐. 누가 알아? 신혼으로 다시 컴백할지? 과수원 고랑 사이에 돗자리 깔고 가을밤을 지붕삼아 불타는 정사라도 한번 펼쳐 봐. 밤하늘 별들과 함께 하는 야외섹스, 어때? 멋지지 않겠어? 히히히. 남자들 그런 변화 무지 좋아 한다 너."

"아따! 가스나! 남우세스럽게…… . 우린 남남이라니까? 하늘을 봐야 별을 따지! 제발 좀 그리되기나 했으면 좋겠다. 나도 바라는 바다. 사람이 밥만 먹고 살 수 있냐? 사랑도 먹고 종종 서로의 끈끈한 신음소리도 먹고 살아야지. 안 그래?"

"후후후, 맞다 맞아. 암튼 이사 가면 불러."

"오냐, 이사 가면 풋풋한 과수원 밭고랑 빌려줄게. 준혁씨랑 튼튼한 돗자리 갖고 다녀가라, 후후후. 오윤아 암튼 넌 계속 내 몫까지 행복해라. 이사 준비해야하는 이 아줌만 이만 전화 끊는다."

은진이는 보름 후 나주로 이사를 갔다. 전에 살던 김포 주택이 아직 팔리지 않아 우선 급한 짐만 싣고 내려갔다. 봄이라 과수원 잔일이 워낙 많아 더는 지체 할 수 없었다. 과수원은 전 주인이 워낙 손질을 바지런히 해 둔 곳이었다. 배나무 수령도 젊고 과수원울타리도 무척 깔끔했다. 은진은 무철과 함께 새로운 마음으로 다시 한번 도전하기로 하고 한동안 열심히 뛰어다녔다.

♠

"네. 김포 부동산입니다. 아, 단독주택요? 몇 평짜리요? 네, 지금 매물이 하나 있긴 합니다만. 집은 그냥 사셔도 되고 아님 부수고 새로 지으셔도 됩니다. 전망요? 끝내줍니다. 한번 우선 와서 매물을 보시고 말씀하시죠. 네. 네. 네, 알겠습니다. 내려오시면 전화주세요."

상욱이 주말에 김포로 향했다. 그는 칠년을 살았던 아내 영인과 성격차이로 작년에 이혼했다. 이혼 후 남은 돈으로 더 늦기 전에 외곽 쪽에 단독주택 부지라도 사 놓을까 하고 잠시 매물을 보러 내려가는 길이다. 그의 아내는 상욱과 살 때부터 불륜으로 만난 연하남과 깊은 관계였다. 사건이 발각되면서 결국 둘은 파국을 맞았다. 얼마 전 상욱은 영인이 그 연하남과 재혼할 것이라는 소식을 우연히 들었다. 상욱은 심드렁했다. 그녀와의 결혼시절을 돌아보면 아직도 소름이 돋았다. 둘은 안 맞아도 너무 안 맞았다. 사소한 것에서부터 모두 부딪치고 다툼이 일었다. 그러다 영인이 연하 남자를 만나면서 부부는 더욱 위태로웠다. 결국 정신과 의사로 누구보다 열심히 달려왔던 상욱에게 남은 것은 이혼남이라는 딱지와 외곽에 자그마한 주택 하나 살, 돈 몇 푼이 남은 전부였다.

　동네 이장한테 맡겨진 열쇠를 받아 대문을 열고 들어갔다. 집은 텅 비어있었다. 그리 오래된 집은 아니어서 상욱은 그럭저럭 맘에 들었다. 옥상으로 올라가보았다. 그다지 크지는 않지만 저 멀리 냇물 흘러가는 모습도 친근하고 좋았다. 시내도 그리 멀지 않고, 주변에 대형 마트와 편의시설이 다 들어와 있는 신도시였다. 너른 들판이 탁 트여 경치도 마음에 들었다. 상욱은 옥상 계단을 내려와 천천히 집주변을 둘러보았다. 뒤꼍에서 작은 쪽문 하나를 발견했다. 녹이 슬어 뻑뻑한 손잡이를 당겨보니 열려있었다. 상욱은 천천히 그 안을 들여다보았다. 고개를 숙이고 들어가야 하는 작은 창고였다. 그는 벽과 바닥의 습기나 균열된 곳은 없나 확인할 겸 안으로 들어갔다. 스위치를 찾아 불을 켰다. 바닥과 벽은 생각보다 견고했다. 습기나 빗물이 흘러든 흔적은 없었다. 적당한 습기는 지면에서 올라오는 듯했다. 서늘한 기운을 느끼며 주변을 돌아보았다. 누군가의 빛바랜 초등학교 교과서. 낡고 오래된 그림일기장과 오래된 신문뭉치들. 부러진 배드민턴 채와 끈이 끊어진 줄넘기와 빛 바랜 훌라후프도 뒹굴었다. 쥐가 뜯은 흔적이 다분한 신문뭉치 아래 오래 된 라면 박스 하나가 눈에 들어왔다. 그는 신문더미를 들추고 박스를 열어보았다. 오래 방치되어 먼지가 풀썩였다. 숨이 막혔다. 그는 박스를 안고 환한 마당으로 나왔다.

마당에는 봄날의 아지랑이가 노랗게 피어나고 있었다. 고요하고 따뜻한 햇살이 마당에 가득해 포근했다. 상욱은 눈부신 햇살에 이맛살을 찌푸리며 천천히 박스를 열었다. 박스 내용물들은 긴 세월에 삭아서, 종이에서 먼지로 풍화 중이었다. 누렇게 빛바랜 편지들이 그 안에 가득했다. 만지기만해도 바스라질 것 같은 대학노트에 누군가의 간절함이 빼곡히 적혀있었다. 날짜를 보니 삼십년이 넘은 연애편지들이었다.

"네, 김포부동산입니다. 아. 가서 보셨죠? 계약하신다고요? 그런 건 염려마세요. 그 집이 원래 주인이 오래 살려고 자제랑 모두 신경 많이 써 지은 집이라 건물이 아주 튼튼할 겁니다. 다시 안 짓고 그냥 들어가 사셔도 충분해요. 그러실래요? 하하. 알겠습니다. 그럼 내려오신 김에 잠깐 사무실로 오세요. 필요한 서류 메모해 드리겠습니다. 네. 네."

"과수원입니다. 아 부동산 사장님이시군요. 그랬어요? 맘에 드신데요? 그래요? 아뇨. 거기서 더 가져올 건 없어요. 애들 거랑 필요한 것은 다 챙겨서 없어요. 아참, 지하 창고에 분리수거 하느라 몇 년간 모아둔 폐지들 있을 거예요. 그거를 치우고 온다는 게 깜빡했네. 못 치워드려 어쩌나……. 그래요? 대신요? 아효 그럼 저야 고맙죠. 후후. 네네. 그냥 모두 버리시면 된다고 전해주세요. 오래전 폐지들만 쳐 박아 둔 거라…… 그냥 봉지에 담아 문밖에 내놓으시면 수거하시는 분들이 바로 가져갈 거예요. 언제라고요? 아 네. 그럼 계약하러 그때 남편하고 같이 올라갈게요."

♠

"어이구! 이게 누구야? 오래 기다렸어?"

"아니. 나도 방금 왔어."

"아참, 너 김포에 전원주택 샀다며? 어때? 좋아?"

"좋긴, 한 번씩 가면 속은 시원하더라. 가슴이 탁 트이구. 가끔 머리 식힐 겸 쉬었다 올라오긴 딱 좋아. 거리두 가깝고."

"상욱아, 영인씨 소식은 듣냐?"

"아니."

준혁이 상욱의 안색을 살피며 조심스레 입을 열었다.

"저번에 동창회 갔더니 그 연하남과 재혼한다는 소식 들렸었는데, 지금은 잘 안 되나봐."

애써 외면하려던 상욱이 끝내 못 참고 영인의 소식을 물었다.

"왜……?"

"엊그제 다른 동창과 우연히 통화하다 들었는데, 헤어졌다는 말이 있더라."

"그래……?"

준혁이 슬며시 상욱의 표정을 살폈다.

"넌, 이젠 아무 관심도 없는 모양이구나?"

상욱이 힘없이 대답했다.

"흐음…… 그냥 그렇지 뭐. 이젠 남이잖아."

준혁도 친구의 쓸쓸한 모습에 마음이 가라앉았다.

"그렇지. 이젠 남이지…… 남인데, 왠지 가족인 듯 가족 아닌 가족 같은, 그런 게 이혼 한 남녀사이 아니겠냐? 잘 산다는 소식 들으면 왠지 배 아프고 열 받고. 못 산다는 소식 들으면, 겨우 그 모양으로 살려고 그 난릴 치고 서로 상처주고 이혼 했나……. 그래서 또 더욱 성질나고 열 받고……. 후훗. 참…… 이혼이란 게 그래서 더 할 짓이 못되지……."

"그렇지 뭐……."

"상욱아, 연구는 잘 되어 가냐?"

상욱이 먼 산을 봤다.

"그냥, 열심히 하고 있는데. 이게 단시일에 결론이 나올 성질의 것은 아니라서……. 넌, 재혼하고 행복하냐? 오윤씨 몸은 어때?"

"음! 아주 좋아졌어. 우린 너무 행복하다. 후후. 잠자리도 정말 잘 맞고."

"그래?"

"상욱아. 나 있잖아? 그전에 여러 여자들하고 자봤어도 뭔가 영 그랬는데. 지금은 우리 집사람과 살면 살수록 너무 좋은 거 있지? 우리 와이프랑 내가 속궁합이 끝내주게 잘 맞는 게 너무 신기하더라. 한번 씩 사랑할 때마다 이사람 서너 번씩 까무

라치는데 말야. 야, 이건 뭐. 나를 저절로 변강쇠 만들어준다니까? 후후후. 나 우리 와이프 만나고 정력도 무지 좋아졌어. 그전 보다 훨씬."

"얼씨구! 그렇게 좋아? 좋겠다 자식아! 그래서 혈색도 그리 좋은 거였냐? 후후, 이게 아주 오랜만에 만난 친구 앞에서 염장질이네. 홀아비 가슴에 산불을 질러라! 질러!"

준혁의 얼굴이 환하다.

"하하하. 아냐, 정말이야. 상욱아 나 요즘 정말 미치게 행복하다."

행복한 친구 모습에 상욱의 얼굴도 덩달아 환해졌다.

"준혁아, 너 그전에 전 부인이랑 살 때 발기가 안돼서 고민 심했잖아?"

"그랬지……. 야, 말도 마. 나 그때 정말 밤마다 벌레취급에 성 불구자 취급당했던 거 너도 잘 알지? 그런데 지금 우리 와이프는 천사다 천사. 백 명의 여자를 줘도 절대 울와이프랑 안 바꾼다. 킬킬킬."

"후후후, 짜식. 다행이다. 네가 암 선고 받은 오윤씨와 재혼하겠다고 했을 때. 사실 우리 동창들 모두 네가 미친 게 아니냐구 말렸잖냐?"

"그랬지…… 후후후. 그 때 니들 전부 나를 완전 또라이로 취급했잖냐?"

"당연하지, 너 같음 안 그랬겠냐? 너처럼 잘나가는 엘리트 변호사가 뭐가 모자라서 암투병중인 이혼녀와 결혼하냐? 그걸 이해 할 사람이 어딨어? 안 그래?"

"그래…… 내가 너였어도 아마 무지 반대했을 거야. 후후후. 그런데 사람이 산다는 게 꼭 이해타산만 갖고 사는 게 아니라는 것 우리 나이 들면서 점점 더 알아 가잖냐……. 요즘 부부들 이혼 정말 용감하게 잘들 하더라. 물론 내가 그 걸로 밥 먹고 살지만. 서로 도장 찍을 때 보면 이건 뭐, 원수도 그런 원수가 없어……. 그걸 볼 때마다 꼭 저래야만 하나 싶고. 암튼 이 직업 오래 못할 짓이다. 나두 몇 년 만 더하고 너처럼 공기 좋은 외곽으로 빠질란다."

"그래? 것두 괜찮지. 암튼 너만이라도 행복해서 다행이다."

♠

'따르르릉! 따르르릉!……'

"여보세요? 어이구. 이게 누구셔? 나주 과수원집 싸모님 아니셔? 야, 이놈의 지지배. 나주 가서 돈 벌더니 완전 연락 끊었나 했다."

"돈? 야 돈은 무슨……."

"너 과수원 사서 내려가더니 몇 년 째 배가 잘 돼서 돈 벌었다고 동창들 사이에 소문이 자자하던데. 요게 딱 시치미를 떼네! 너네 과수원 옆에 있던 땅까지 사서 주말농장도 겸한다며?"

"그건 작년에 겨우 시작했어. 아직 더 해봐야지 지금은 몰라. 몇 년 해보구 시시하면 거기도 그냥 배나무나 마저 심을까 해."

"하이고. 요게요게 돈 벌더니 통만 커졌어. 후후. 근데 한동안 조용하더니 웬일이야?"

"오윤아⋯⋯?"

"음. 왜?"

"우리 남편 말야⋯⋯."

"무철씨가 왜?"

"이상해⋯⋯. 바람이 난 것 같아."

"말도 안 돼! 그 목석같은 무철씨가? 딴 여자를? 그럴 리가⋯⋯. 너 오해 아냐? 은진아. 거긴 시골이라 모두 할머니들뿐인데. 니 신랑이 대체 누구랑 바람났다는 거야? 그게 말이돼?"

"아냐. 정말 이상해. 오윤아 나 요즘 딱, 죽고 싶다⋯⋯."

"어떤 게 이상한데? 무슨 짐작 가는 데가 있는 거야?"

"음⋯⋯."

"뭐? 정말? 그럼 이거 심각하네? 네가 짐작 가는 데가 있다고? 누군데?"

"오윤아…… . 나 어떡하니?"

"아! 그니까 누군데? 그 상대가 누구냐구?"

"작년에…… 우리 주말 농장에, 분당 산다는 서른 중반 부부가 애들하구 왔다갔는데. 그 뒤 아예 한 고랑을 임대받아서 주말마다 왔던 여자야."

"맙소사! 그럼, 그 서른 중반 영계랑? 맙소사! 그게 말이 돼? 낼모레면 나이 환갑인 무철씨가?"

"그래서 내가 요즘 제 정신이 아니야. 하루하루가 정신이 돌겠더라고. 오윤아 나 어쩌면 좋으니? 이대로 참고 살아야 하니?"

"오.마.이.갓! 이거 완전 분노게이지 확 치솟는 사건이네! 이것들을 걍, 우리 남편한테 뒷조사 시켜서 두 연놈들 확! 개망신 주고 비참하게 찢어 놓아버릴까? 그쪽 남편은 둘 관계 알아 몰라?"

"아직 모르는 것 같아. 오윤아. 나 정말 미쳐 돌겠다. 이 두 연놈들을 어째야 하니? 나 있지. 하루에도 수십 번씩 마음속에서 칼을 들었다 놨다 한다. 정말 못 살겠어…… . 오윤아. 나 이혼할까? 저 인간 나중에 다시 마음잡고 돌아온다 해도 난 불결해서 다신 못 받아줄 것 같아. 그런데 애들 때문에 헤어지지도 못하겠고. 이 인간 요즘 아예 과수원 일에 관심도 없어."

"말도 안 돼. 그럼 너 혼자 그 험한 일을 다 한단 말야?"

"배 가지치고 꽃 솎아 줄 때랑 약치고 수정하고 봉지 씌울 때는 사람 사서 쓰면 되긴 하는데…… 온종일 과수원 뛰어다니며 두엄 쏟고 작업복 입구 흙 밭에 뒹굴다 집에 들어가 거울을 보고 있으면, 이게 뭐하는 짓인가 싶어서, 확! 천불이 나. 혀 깨물고 죽고만 싶어. 근데 우리 두 애들은 어쩌니…… 흐흐흑!"

"야! 너 지금 우니? 바보같이 왜 울어! 니가 뭐가 아쉬워서 우니? 울지 마! 그러게 바보야. 일만 하지 말구 너도 좀 가꾸라고 내가 늘 말했잖아? 남자는 늙어 꼬부라져두 수컷이야. 수컷은 숟가락 들 힘만 있으면 그 짓한다잖냐? 으이구! 돈 그렇게 벌어 다 뭐할래? 그 인간은 다 갖다가 그 젊은 년 퍼주는데! 너도 앞으론 일하지마! 멋도 부리구. 외모도 좀 가꾸고 그래 병신아!"

"흐흐흑, 나쁜 놈……. 이 인간 내가 절대 용서 안할 거야. 오윤아 근데 이 인간이 어디가 좋아서 그 젊은 년이 달라붙은 걸까?"

"그걸 내가 아니? 그년이 돈보고 붙었든가 아니면, 무철씨가 꼬신 거겠지. 아니, 아이구 나두 모르것다. 남녀 간이야 당사자가 아닌 담에야 누가 알겠냐. 넌 지금 그게 왜 중요해?"

"흐흐흑! 아, 오윤아, 나 이제 어떻게 살어. 흐흐흑……. 억울해. 너무 억울해…… 과수원 일궈보겠다고 이곳에 내려와 정말 밤낮 짐승처럼 일했는데. 머슴처럼 살았는데……."

"은진아! 다 쓸데 없구. 너도 마음 비우고 그냥 너를 위해 살어. 바보야, 어차피 애들 때문에 헤어지지 못할 거라면 너를 위해 돈도 쓰고 멋도 부리고 살어! 앞으로 과수원에 일하러 나가지마. 다 사람 사서 해. 바보같이 왜 너만 고생 하냐? 둘이 같이 잘 살려고 나주까지 내려가 놓고. 이게 무슨 날벼락이라니?"

"흐흐흑……!"

"은진아, 울지 마 이것아. 너 그러다 화병 생겨! 화병생기면 그게 독이 되어 암 걸린단 말이야! 넌 나를 그동안 지켜보고도 몰라? 내가 그전에 왜 암으로 다 죽어갔는지 알잖아? 마음에 두지 마, 울지도 마. 너도 그냥 먹고 싶은 것 다 먹고 여행도 다니고. 힘든 일은 사람 사서하고. 두 애들한테 쓸 돈만 조금씩 벌면서 너도 좋은 사람 만나고. 다시 사랑도 하고 멋지게 살아! 알았지? 어?"

"……."

"내 말 알았지?"

"나 같은 펑퍼짐한 여자를 누가 좋아한다고…… 에혀, 말이 되냐?"

"왜 말이 안 돼? 지지배야. 너도 가꾸면 어디든 안 빠져 왜이래? 너 왕년에 여럿 사내 죽였던 서은진이야. 벌써 잊었어? 넌 조금만 살 좀 빼고 그동안 햇볕에 그을린 피부 관리 좀 하면 바로 달라져. 내가 장담한다. 여자는 가꾸기 나름이란 거 몰라? 요즘 디톡스 몇 달 좀 베이스로 깔구 피부박피랑 보톡스만 몇 번 해도 군살 쭉 빠지구 열 살은 금방 어려 보여, 알어?"

"뭐? 뭐라고?"

"레이저로 하는 거 있잖아. 피부 잡티랑 잔주름 생긴 겉 피부 홀랑 벗기고 새살 돋게 하는 피부관리…… 넌 것두 몰라? 야 맹추야. 요즘 독소 빼는 디톡스랑 보톡스 필러 피부 박피는 기본이야. 아휴! 이 바보!"

"내가 뭐, 세상 물정이나 알고 살았냐……? 너 알다시피 서울서 한동안 이 인간 건축사무소 부도나서 돈 빌리러 다니느라 갈팡질팡 정신없었고…… 나주 내려와서는 과수원 일으켜 보려구 냄새나는 거름 포대 짊어지구 개흙강아지 꼴로 머슴처럼 나무고랑 뛰어 다니구……. 나 그런 게 있는지두 몰랐어. 내가 봐두 내가 한심하다."

은진은 전화기 너머에서 코를 팽, 풀었다. 오윤은 천불이 나고 가슴이 미어졌다.

"은진아. 너 우리 집에 좀 와라. 어?"

"언제?"

"언제든 가능한 빨리 와. 내가 단골로 다니는 성형외과 가서 너 몰라보게 변신시켜줄게. 어?"

"아효. 나 못가 애. 좀 있으면 배 수확해야 하구……."

"이것이 아직 덜 혼났네. 개두 안 물어갈 배 같은 소리 하구 자빠졌어! 야 지지배야. 니 서방은 그 돈으루 한창 새파란 년 하구 딴 짓하며 재미 보구 자빠졌는데! 뭔 답답한 소리야? 잔 말 말구. 당장 올라와. 글쎄 내말 들어! 알았지? 그놈의 배 며 칠 처냅둔다고 당장 밥 굶냐? 너도 여자잖아? 사랑받고 살 자 격이 있다구. 내 말 알아듣지? 밥만 먹으면 사람 아니잖아? 왜 그러고 사니? 어서 잔말 말구 올라와. 내가 바람도 좀 쐬게 해 줄게 올라 와 알았지?"

"알았어……. 너 밖에 없다. 흐흑!"

"아, 이 웬수! 징징대지 좀 마. 당당하게! 알지? 갈 테면 가 라 해! 두 애들이 가여워 그렇지. 세상 널린 게 남자다! 뭔 그깟 놈한테 목숨 걸고 징징 짜냐? 그런 놈한텐 눈물도 아깝다. 암 튼 너 이번 주말에라도 당장 올라와."

♠

"어때요?"

"흐음…… 얼굴은 그을렸어도 워낙 기본적인 미모가 있으 시네요. 살은 좀 디톡스로 해독기초관리 들어가면서 빼시면 되 고, 필러 몇 방이면 우선은 자신감도 커지고 기분전환 많이 되 실 겁니다." 의사가 손을 씻으며 말했다. 은진은 아직 어벙한 표정으로 앉아있었다.

"들었지? 의사 선생님이 너 아직 쓸 만 하댄다. 후훗."

"아효, 내가……?"

"선생님, 그럼 기본 관리 들어가는 걸로 하고 집에 가서 먹을 식욕억제제하구 해서 얼마예요? 은진아. 너 이번기회에 잃어버린 네 아름다움을 확, 되찾는 거야. 알았지? 내가 돈 다 내줄 테니 다른 생각은 말구. 마음 단단히 먹고 지금부터 가꾸자!"

"응. 후훗. 아까 그 시뮬레이션 보니까 나 진짜 영화배우 같더라 그치? 오윤아 너도 봤지?"

"후후훗. 지지배! 이제 웃는 것 좀 봐! 그래! 봤다 봤어! 후후. 그래 은진아 너 아직 예뻐. 알았어? 그러니 제발 오만상 구기고 인생 다 산 뒷방할머니처럼 궁상떨며 살지 좀 마! 알았어?"

"후후후. 알았어."

"저. 선생님. 친구가 지방에 살아서 자주는 못 올 거예요. 한 주에 한번 씩 관리 받으러 올게요. 싸게 잘 좀 해줘요."

"그건 염려마시고, 대신 빠지지 말고 오셔야 합니다."

은진과 오윤은 성형외과를 나왔다. 근처 카페에서 커피를 마시는데 오윤의 전화가 울렸다.

"어, 여보. 일 마쳤어요? 음. 친구? 누구? 아. 그럴래요? 우리야 좋죠. 호호호. 알았어요."

"준혁씨 전화야?"

"어, 후후. 우리 남편이 모처럼 너 왔다구. 근사한데서 저녁 먹잔다. 마침 남편 동창도 같이 있다는데 합석 해두 되지?"

"되지 그럼. 오왓! 오윤아. 준혁씨 멋지다."

"그치? 그니깐 너두 지금부터 정신 차리구 사랑받는 여자로 살란 말야. 알았지? 아줌마 말고! 엄마도 말고! 마누라도 말고! 오로지 여자로 살자 이거야! 오케이?"

"오케이다! 그래 나두 오케이야."

"으이구! 이 촌스런 아줌마를 어쩌면 좋냐. 후후홋. 가자. 두 남자 기다리겠다."

"그래."

"은진씨? 오랜만이에요. 후후. 이쪽은 제 친구 상욱입니다."

"처음 뵙겠습니다. 한상욱이라 합니다."

"네. 서, 서은진입니다."

"만나서 반갑습니다. 은진씨 참 미인이십니다. 후후후."

"어머. 그래요……? 아효."

"상욱씨. 우리 은진이가 옛날 대학시절엔 좀 날렸던 외모입니다. 지금 좀 살이 쪄서 그렇지만, 후후."

"아닙니다. 지금도 아주 아름다우신데요? 후후후."

상욱은 왠지 그녀이름이 낯설지 않았다. 그의 뇌리에 그녀의 이름이 깊이 박혀들었다

'어디서였지? 저 이름. 분명 낯이 익은데. 이상하다……'

"은진아 여기 전망 좋지?"

은진이 어벙하게 레스토랑을 둘러봤다.

"은진씨. 어때요? 이곳 야경 끝내주죠? 이곳이 우리 부부 단골 데이트 장숩니다. 이곳 음식 아주 깔끔하고 맛있어요."

"아, 그래요? 오왓! 정말 야경이⋯⋯."

그때 갑자기 은진의 안색이 불편해 보였다.

"야. 은진아. 너 왜 그래?"

"오윤아, 왜 이리 어지럽지? 나만 그런가? 이상하네, 뭔가 빙빙 돌아⋯⋯. 어지럽다. 넌 괜찮아?"

"후후훗! 야, 바보야. 지금 이 레스토랑 건물 전체가 회전하고 있잖아? 이곳은 전망대 식당이라 여기 전체가 다 회전 테이블이야. 아주 조금씩 계속 돌고 있어. 창밖을 봐봐. 돌지? 저 멀리 송도대교가 왼쪽으로 가고 있지? 어때 보여?"

"어 어머나. 정말 회전하네?"

"그렇다니까. 이제 조금 후 해가 완전히 지면 이곳 야경 정말 봐줄만 해. 후후. 이왕 온 김에 바람 좀 실 컷 쐬고 쉬었다가. 어차피 너 집에 가도 반겨줄 사람 아무도 없잖아? 아무도 없는 집만 지키고 있다고 누가 상주냐?"

"후후. 그래요. 은진씨. 오랜만에 오셨으니 푹 좀 쉬었다 내려가세요."

"준혁씨, 고마워요."

"고맙긴요. 자 우리 뭐 먹을까요? 오늘은 이 집에서 최고 맛있는 걸로 먹죠 우리! 후후후."

"그랬어?"

"내가 아주 저놈의 지지배 불쌍하고 짠해서 죽겠어요. 여보, 뭔 방법이 없을까요?"

"방법이야 많지만, 애들이 문제지…… 애들이 받을 상처가 가장 문제 아니겠어?"

"그렇긴 해요……. 하요 정말. 무철씨가 그럴 줄 몰랐어요! 옛날에 은진이한테 반해서 몇 년 동안 아주 난리도 그런 난리가 없었다니까요? 멀쩡히 공부 잘하고 유학 가려던 애를 덜컥, 임신시켜놓고……. 망할 인간! 안 그랬으면 저리 살 애가 아니었거든요. 이모랑 고모 다 미국과 캐나다 살아요. 거기서 사업들 크게 하셔서 배경들이 장난 아니거든요. 그곳에서 우리 은진이가 멋진 사업가 되는 건 따 논 당상이었었는데……. 하요! 이제 와서 옛날 얘기하면 뭐 하겠어요."

준혁이 아내의 손을 따뜻하게 잡았다.

"여보."

"네?"

"나는 가능한 은진씨 부부가 하루 빨리 별 탈 없이 원상태로 돌아가길 빌어. 어찌됐든 애들이 있는 한 이혼은 정말 최후의 선택이어야 해. 그거 알지?"

"나두 알죠. 하두 속이상해서요."

"그래. 아무튼 은진씨가 잘 마음 다스리도록 당신이 곁에서 힘이 좀 되어 줘봐."

♠

은진은 친구 오윤의 집에서 며칠 간 정말 잘 쉬었다. 주말에는 오윤의 남편친구인 상욱이 영화까지 함께 보자 해서 기분전환이 되었다. 며칠 푹 쉬고 은진은 나주로 다시 내려갔다. 약간 낮은 듯 했던 콧등에 필러를 두 대 맞아서 그런지 콧날이 여배우처럼 날렵했다. 콧날이 높아지니 얼굴이 한층 서구적이고 작아보였다. 은진은 나주로 내려가는 내내 보이는 유리창마다 자신의 얼굴을 요리조리 비춰보며 얼굴에 미소가 드리워졌다. 은진은 습관처럼 대문에 꽂힌 우편물을 모아 쥐고 마당으로 들어섰다. 집안은 텅 비어있었다. 아무도 은진을 반겨주는 이는 없었다. 남편 무철은 언제나 그랬듯 집에 없었다.

'멍멍멍!'

백구가 은진을 오랜만에 보더니 반갑다고 꼬리치며 따라다녔다.

"하이고. 그래, 백구야. 잘 있었어? 어이구 그렇게 반가워? 후후후. 나를 반겨주는 건 이 집에 너 하나 밖에 없구나……."

은진은 방에 들어가 일복으로 갈아입고 장화를 신었다. 백구의 텅 빈 밥그릇에 사료를 듬뿍 쏟아주었다.

"하이구, 그 새 며칠 집을 비웠다고 마당에 온통 나뭇잎 투성이네. 쯧쯧쯧. 이러니 내가 집을 비울수가 있나……."

은진이 혼잣말을 하며 팔을 걷어 부치고 냅다 빗자루 질을 하고 집으로 들어갔다. 은진은 며칠간 작업복차림으로 끊임없이 과수원을 들락거렸다. 그간 손길이 닿지 못한 곳들마다 은진을 불러대고 아우성이었다. 구멍 난 울타리도 수선했다. 곧 배를 수확하기 위해 과수원 고랑마다 과수운반용 미니트럭이 드나들기 좋을 만큼 정비를 했다. 해는 점점 더 짧아졌고 과수원에서 집안으로 돌아오는 은진의 귀가는 점점 더 앞당겨졌다. 오늘도 은진은 지친 몸을 이끌고 과수원을 빠져나왔다. 주위는 벌써 어둑어둑했다. 은진은 장갑을 벗어 온 몸의 흙먼지를 탈탈 털었다. 무철은 아직 연락이 없었다. 은진은 속으로 수없이 욕을 하고 원망을 하다 이제는 조금씩 포기가 되었다. 쓸쓸히 대문 앞에 멈춘 그녀는 언제나 습관처럼 우편함을 살폈다. 늘 오는 우편물들은 언제나 그게 그거였다. 은진은 저녁이면 텔레비전을 크게 틀어놓고 혼자 밥을 먹으며 우편물 챙기고 버리고 정리하는 것이 소일이었다.

"어디보자……."

그녀는 거실에 앉아 답답한 마음에 창문을 모두 열었다. 그러고는 우편함에 가득 들어있던 각종 우편물과 고지서들을 하나

하나 뜯어 확인했다. 그곳엔 밀린 은행 대출이자 독촉장도 있었고, 각종 다른 공과금 안내서들이 대부분이었다. 군에 간 아들에게서 군사우편도 와 있었다.

'사랑하는 어머니 잘 지내시죠?'

아들의 편지에는 훈련받으며 찍은 사진도 함께 들어있었다. 은진은 이내 눈시울이 붉어졌다.

"짜아식……. 인석이 에미를 울리네. 보고 싶다 내 아들!"

은진은 화장지로 코를 팽, 풀더니 다른 것들을 뒤적였다. 그러다 문득, 낯선 편지봉투 하나를 발견했다. 편지에 수신인은 서은진 이었다. 발신인을 적는 곳은 비어있었다.

"누구지……?"

난생 처음 보는 낯선 필체였다. 그녀는 고개를 갸웃 하다 봉투를 뜯었다. 그곳에는 요즘 보기 드물게 손 편지가 들어있었다. 첫줄부터 자신의 이름을 고요히 부르며 써내려간 편지. 그것은 손으로 직접 쓴 편지라 더욱 야릇하고 마치 순간 꿈을 꾸는 듯한 느낌까지 들었다.

To. 은진씨

얼마 전 그대를 처음 봤습니다. 우연히 내 앞을 스쳐 지나간 그대. 그대에게서 내게로 흘러드는 향기를 맡고 나는 순간 영혼까지 아찔했었습니다.

그대는 어디서 왔나요? 어디서 와서 그날 나라는 사람 앞에 별처럼 반짝이셨나요?

그대라는 아름다운 별에 나는 눈이 멀고 가슴이 멀어

지금 이순간도 나는 그대의 향기 속에서 또 한번 마음이 아득해집니다.

　

은진은 편지를 다 읽어내려 갈 수가 없었다. 가슴이 야릇하게 울렁거렸다.

'누굴까? 누구지? 나를 어디서 봤다는 것일까? 나를 이렇게 다정하게 불러 줄 사람이 없는데. 이상하다……. 잘 못 온 편지일까? 아닌데, 우리 집 주소 분명히 맞는데. 이 사람이 누굴까?'

그녀는 편지를 잠시 내려놓고 어두워진 과수원으로 나갔다. 마음에 무수한 파문이 일었다. 얼굴도 모르는 낯선 누군가가 문득 남자가 되어 살갑게 자신을 부르는 그 편지는 뭐라 형언할 길이 없었다. 순간 수십 년을 과거로 돌아가 앳된 소녀가 된 듯 야릇한 착각이 들었다. 과수원을 한 바퀴 돌아 뒤꼍으로 나오는데 누군가 대문을 두드리는 소리가 들렸다.

'멍멍멍!'

백구가 먼저 인기척에 놀라 큰 소리로 짖어댔다.

"집이 있소잉? 아무도 엄쏘잉? 차는 있는디……. 집이 아무도 없당가요?"

동네 부녀회장 이었다.

"어? 부녀회장님?"

"워매! 참말로, 호랭이가 물어 가긋네. 집이 어디 다녀왔어라?"

"아 네. 인천에 좀. 근데 왜요?"

"아. 왜긴 왜 다여? 집이는 언제 배를 딸랑가? 인자는 실실 수확 할 준비를 혀야재?"

"네. 그래야지요."

"옴마. 아자씨는 그 새 또 워딜 갔소잉? 집이 양반은 겁나게 바쁜가만? 한시도 집에   구마이라?"

"네. 쫌……."

"어데, 먼 데 갔소? 그럼 이녁혼자 우짤 것여? 이번에 일꾼은 몇이나 부칠랑가? 미리 말해줘야 쓰것네."

"이번에도 작년처럼 해야죠 뭐."

"그랑가? 그라믄 나가 알아서 인부덜은 부쳐줄텡깨. 담 주에 우리 집 거 먼점 따불고. 그 담 주에 이녁네 거 따부세."

"예. 그럼 담 주에 제가 가서 도와드릴게요."

"암만. 그 담 주엔 나가 또 이녁네 거를 도와줄 텡깨 잉?"

"네."

"그리 알고 가긋소. 일 보쇼잉."

♠

"편지요!"

저 멀리서 우편배달부의 소리가 들려왔다. 은진은 손을 몸빼바지에 대충 닦으며 서둘러 나갔다.

"서은진씨!"

"예."

"편지요."

배달부는 이내 다음 집으로 오토바이를 타고 사라졌다. 민트색 봉투의 편지를 받아 든 은진은 한동안 그 자리에 굳어버렸다. 또 그 사람이었다. 벌써 세 번째 편지가 오고 있었다. 그것도 매주 목요일이면 어김없이 은진 품으로 찾아드는 편지였다. 한결같이 발신자는 없었다. 그녀 이름만 정확히 적힌 채 배달되고 있었다.

To. 은진씨

바람이 찹니다. 거리의 낙엽들도 먼 길 떠날 채비를 합니다. 세상의 모든 것들은 온 곳이 있고 갈 곳이 있나봅니다. 오직 그대를 향해 일어나고 그대를 향해 노래 부르고 그대를 향해 하루를 시작하고 하루를 접는 저처럼 말입니다. 오늘도 나는 그대가 서있는 들길을 향해 오래 서 있었습니다. 바람에 휘날리던 그대의 머릿결을 보았습니다. 멀리서도 나는 그대 향기를 맡을 수 있습니다. 그 향기는 이 세상에 없는 향기입니다. 오직 그대라는 여인만이 품고 있는 아득한 향기였습니다. 그 향기에 취해 내 영혼은 저 들녘의 갈대처럼 쓰러질 듯 흔들립니다. 나의 여인이여. 그립고 보고픈 여인이여…….

은진은 어지러웠다. 서 있기가 힘들었다. 그녀는 거실로 급히 들어가 물 한잔을 마셨다.

'따르르릉! 따르르릉!'

"여보세요?"

"아따, 뭐 헌당가? 어여 와 참 안 무꼬?"

부녀회장 이었다.

"네 곧 가요."

은진은 오전 일을 어떻게 마쳤는지 아득했다. 그녀는 집에 돌아와 수돗가에서 장화에 묻은 흙을 대충 씻어 엎어놓고 서둘러 거실로 들어갔다. 남편은 아직도 집에 들어오지 않고 있었다. 남편이라는 것에 생각이 멈출 때마다 은진은 더 열심히 밥을 먹거나 청소를 했다. 밖으로 나와 다시 장화를 신는데 백구가 은진의 몸뻬바지를 물고 당기며 재롱을 부렸다. 백구를 쓰다듬어 뒤로 물린 그녀는 다시 부녀회장 집으로 뛰어갔다. 밤이

늦어서야 돌아온 그녀는 그 의문의 편지를 다시 열어보았다.

'누굴까? 누구지? 이 사람이 대체 누굴까……?'

다음날 그녀는 동네사람들과 부녀회장에게 과수원집 전 주인 식구들의 이름을 모두 알아보았다. 그녀와 동명인은 없었다. 그렇다면 분명 어찌됐든 그녀에게 온 편지임에 틀림없었다. 그 후로도 의문의 편지는 목요일이면 어김없이 배달되었다. 어떤 날에는 요일을 잊고 살다가도 그 편지가 도착한 것을 보면서 목요일임을 알게 되는 경우까지 있었다.

'따르르릉! 따르르릉!'

"여보세요?"

"야! 서은진!"

"어? 왜?"

"너 이눔 지지배가 없는 돈에 피부관리 돈 대줬드만 관리 받으러 오지두 않구! 너 정말 죽고 싶냐?"

"하하하. 요즘 바뻐. 배 수확 중이잖아? 추석 대목 보려면 지금 서둘러야 해……."

"그놈의 배! 배! 배! 으이구! 그래서 언제 온 다구?"

"올배 급한 수확 좀 마치고 올라갈게."

"알았어. 꼭 와. 이번에 오면 몇 번 치료받고 내려가라. 그동안 못 받은 거 챙겨 받아야지."

"알았어."

"너. 내가 준 썬크림은 잘 바르고 있는 거야?"

"그래. 후후후. 염려마라. 경극 배우처럼 온통 흰 분칠하면서 잘 바르고 있다."

"알았어. 너 땡볕에 맨 얼굴로 과수원 돌아다니면 나한테 죽는다!"

"하하하. 그래. 담에 올라가면 보자."

"아참. 무철씨는?"

"……."

"그 인간 아직두야?"

"음."

"헐! 미친 인간이네! 야! 냅둬. 속 끓이지 마! 알았지?"

"알아……. 신경 안 써."

♣

To. 은진씨

바람이 제법 유리알처럼 차갑습니다. 이 세상의 계절이 저마다 약속이라도 한 듯 겨울을 향해 달려갑니다. 내 안의 계절도 당신이라는 종착역을 향해 달려가고 있습니다. 이제 또 다시 세상은 밤입니다. 이 밤이 몇 번째인지는 중요하지 않습니다. 나의 세상은 그대를 처음 본 그날부터 다시 태양이 뜨고 꽃이 피고 있기 때문입니다.

그대여!

방에 누워 있는 지금 이 순간에도 나의 마음은 그대, 내 행복을 일깨워주는 향기로운 여인에게로 향하고 있습니다. 오늘 밤에도 나는 당신을 꿈속에서 다시 보게 해 달라고 빌며 눈을 감습니다. 잘 자요. 내 사랑……!

그녀는 거울을 보았다. 거울 속에는 펑퍼짐한 중년 아줌마가 후줄근한 몸뻬를 입고 섰다. 까맣게 그을린 얼굴로 파마가 다 풀린 머리를 올려 묶고 거울 속에서 한 여자가 자신을 물끄러미 보고 있었다. 그녀는 순간 고개를 돌렸다. 그것은 분명 본래의 서은진이 아니었다. 너무도 낯설고 볼품없게 망가진 여자가 자신을 한심하게 바라보았다. 바짓가랑이에 붉은 진흙이 묻은 것도 모르는 채 그녀는 읍내로 나갔다.

"어서 오세요."

"머리 좀 하려고요."

"아! 앉으세요. 어떤 머리하시게요?"

"모르겠어요. 그냥……. 알아서 잘 해주세요."

"호호호. 얼굴도 고우신데, 앉아보세요. 제가 예쁘게 해드릴게요."

한참 후 미장원 원장이 뒷거울을 함께 보여줬다.

"어때요?"

거울 속에는 전혀 다른 여자가 엷은 미소를 드리우고 있었다.

"좋네요……."

너무 세련되어 조금은 어색한 그녀의 미소. 거울 속 그녀는 아까보다 가벼운 기분이 되어 미용실을 나섰다. 그녀는 근처 화장품 가게로 발길을 옮겼다. 잔주름 개선 크림과 점원이 권하는 최신 미백화장품을 세트로 구입하고 커다란 종이가방을 들고 거리로 나왔다. 그녀는 음반가게에 들렀다. 옛날에 즐겨 들었던 노래를 사서 나왔다. 집으로 돌아오는 길에 차에서 음반을 틀었다. 수십여 년 만에 듣는 감미로운 멜로디였다. 눈을 감으면 지금이라도 당장 누군가가 프러포즈를 해올 것만 같은 야릇한 설렘이 그녀의 가슴을 두방망이질 했다. 그녀는 차창을 내렸다. 상큼한 가을 밤공기가 차 안으로 흘러들었다.

'슬퍼하지 말자. 불행하게 살지도 말자. 나는 내 삶의 주인으로 살아갈 거야……. 이젠 누구 때문에 사는 그런 것쯤 벗어버리자. 누구도 내 삶을 휘저어놓을 수 없어. 나는 아직 사랑스러울 자격이 있으니까. 서은진. 너는 아직 여자야 잊지 마…….'

그녀는 룸미러를 바라보며 자신을 향해 그렇게 마음속으로 속삭였다.

♠

"오랜만이다. 어서 와."

주말이라 모처럼 상욱이 텃밭의 흙을 뒤집고 있을 때 친구 준혁이 그를 찾아왔다.

"찾기 쉽더라. 괜찮은데? 이곳 땅값도 만만치 않겠다. 그치?"

"후훗. 그냥 그렇지 뭐. 요즘 우리나라 어디는 안 그러냐?"

"허긴. 후후. 근데 뭐하냐?"

"그냥 재미삼아 마늘이나 조금 심어볼까 하고 땅 일군다."

"마늘? 웬?"

"여기 이장님이 밭에 심고 남았다고 심어보라며 마늘 종자를 줬어. 그래서 그냥 묵히느니 머리나 식힐 겸 심어 보려구. 나도 다시 누군가에게 사랑을 주며 살 수 있을까 해서, 혹시나 하고 땅이라는 위대한 스승에게 배워보려는 중이다. 후후후."

"이젠 신경정신과 박사님이 땅을 파고 지층과 대화까지 하시는군. 왜? 땅의 숨겨진 심리라도 분석하시게?"

"짜식, 싱겁긴……."

"아참, 너 그전에 뭔가 연구한다던 그 건 어찌됐어? 잘 돼가?"

"음 그거……? 후후후. 아직 몰라. 그냥 진심으로 최선을 다할 뿐이지……. 좀 더 지켜봐야 해."

"그래? 근데 그게 대체 뭔데? 어? 궁금해 죽겠다 말 좀 해봐."

"있어. 후후후."

"아, 뭔데? 어떻게 매번 물어봐도 비밀이냐? 사람 섭섭하게."

"아 짜식. 넌 뭐가 그리 궁금해? 안 그래도 복잡한 세상. 그냥 넘어가는 것도 좀 있자."

"후후후."

"후후후."

"야. 나 배고프다. 뭐 먹을 거 좀 내와 봐."

"밥도 안 먹고 달려온 거야? 여긴 홀아비 혼자라 먹을 거 없다. 어디다 적당히 시켜라. 우리 오랜만에 흙 깔고 앉아 들밥 좀 먹어보자."

상욱이 동네 중국집에 자장면을 시켰다.

"상욱아. 영인씨 아직 연락 없냐?"

"연락? 이미 예전에 다 끝난 우리가 무슨 연락을 해? 내가 할 일도, 그쪽에서 올 일도 없지. 헌데 갑자기 그건 왜?"

준혁이 상욱의 안색을 살피며 망설이다 입을 열었다.

"결국 그 연하남과도 완전히 헤어지고 혼자 사나 보던데……? 소문 들었어?"

준혁이 또 한번 상욱의 안색을 살폈다.

"난, 관심 없다."

"얌마! 너도 사실 잘 한건 없지 뭘 그래?"

"내가 뭘?"

"오래전에 영인씨 힘들 때 말야. 너라도 좀 더 따스하게 다가갔다면 그때 너희 부부가 이렇게까지 되진 않았을 거야. 자고로 여자는 사랑하는 남자의 끝없는 관심과 사랑을 먹고 사는 존재라는 거 너도 알잖아? 허기야, 그 흔한 진리를 나 역시 한 번의 실패를 겪으면서 깨달았다. 그런데 더 놀라운 것은……. 지금의 내 아내를 만나 내가 그전에 첫 아내에게 못다 준 사랑까지 더 정성껏 주었더니 그녀의 그 질긴 병조차 다 낫더라. 상욱아, 난 사랑의 힘이 그 정도일줄 정말 생각도 못했어. 단지 난, 후회 없는 사랑을 하고 싶었을 뿐인데. 하늘은 오히려 몹시 아팠던 그녀의 건강까지 덤으로 주더라고……. 그래서 하나를 더 깨달았지. 나무가 행복하고 건강할 때 유능한 정원사도 있는 것. 꽃이 없는 유능한 정원사는 결코 있을 수 없다는 거……. 내가 그녀의 행복을 결정하는 줄 알았는데 결국 지금의 그녀가 오늘의 내 존재감과 내 행복을 만들어주고 있었다는 것을 느꼈어."

상욱이 텃밭에 털썩 주저앉아 담배를 입에 물었다.

"야! 넌 뭔 의사가 담배 질이냐? 아직도 안 끊었어? 너 오래전에 끊었잖아?"

상혁이 미간을 구기고 쓰디쓴 미소를 지으며 말했다.

"준혁아, 네 말이 맞다. 이제 와 얘기지만, 지난 날 부끄럽게도 난 여자라는 향기로운 나무를 키우고 가꾸고 지켜줄 부드럽고 유능한 정원사는 못되었던 거 같아……. 그 땐 참, 못나게도 나는 아내를 내가 경계해야 할 또 다른 경쟁자로 느꼈었나봐……. 그 점에서는 지금도 영인이에게 미안한 마음이 있어. 자신이라는 세상 단 하나의 나무를, 사랑하고 돌봐주고 따뜻한 마음의 시선으로 바라봐주지 않는 정원사를, 어떤 생명이 좋아하고 믿고 곁에 있으려 하겠니? 그래서 아마 영인이도 차가운 내게서 편안한 안식을 느낄 수 없었을 거야. 난 솔직히 영인이 뭐라 할 자격도 없는 놈이다. 후우-, 그러다보니 영인이는 다른 남자 품에 자신의 둥지를 만들려 밖으로 자꾸 떠돌았을 거야. 준혁아, 내가 그 땐 왜 그랬을까……? 그러고 보면 정신과 의사랍시고 백날 공부 했어도 난 모두 헛한 거 같아. 내 가정 하나도 못 지켜낸 그 잘난 정신심리학 해서 어디에 쓰겠냐? 참 한심한 일이지."

"그래서 말인데…… 상욱아. 지금…… 제주도에 있다더라."

"제주도? 누가?"

"누군. 영인씨지……."

"……."

"한번 네가 먼저 찾아가보지 그래?"

"…… 이제 와서 무슨."

상욱은 쓸쓸히 담배를 태우며 텃밭고랑만 바라보았다.

♠

은진은 눈에 띄게 달라지기 시작했다. 고된 과수원 일을 하고도 밤이면 읍내까지 차를 끌고 나가 운동을 했다. 죽을힘을 다해 예전의 은진으로 돌아가려 애를 썼다. 이제는 제법 살도 많이 빠졌다. 그럴수록 얼굴은 몇 살씩 더 앳되어 보이기 시작했다. 저녁에 헬스클럽에 못가는 날에는 마을회관에서 홀로 신나는 음악을 틀어놓고 운동을 했다. 이어폰을 꽂고 혼자 미친 듯 과수원을 여러 바퀴 돌고서야 자리에 누웠다. 의문의 편지는 이후로도 계속 날아들었다. 목요일이면 어김없이 그녀의 우편함에는 신사의 깔끔한 정장에 꽂힌 행거치프처럼 하얗게 편지 하나가 꽂혀 그녀를 맞이하곤 했다. 언제부턴가 그녀는 당연한 듯 편지를 읽고 있는 자신을 발견했다. 얼굴도 모르는 발신자를 그녀는 연인처럼 가슴에 품어가고 있었다. 하루가 다르게 멋지고 발랄한 모습으로 변해가는 그녀를 보며 동네사람들도 놀라워했다.

"암만. 여자의 변신은 무죄랑께! 변해야 산다! 이거지라. 나도 집이처럼 운동 쪼까 해볼랑게! 아 누가 안 그여? 그 뭐다냐? 운동은 노동과 다르다! 이럼서 운동은 암만 일을 많이 혀도 따로 혀야 한다누만?"

"부녀회장님도 저랑 같이 운동할래요? 후후후."

"그랑께. 나도 쪼까 데불고 가쇼. 내두 여잔디, 아따 집이만 이뻐지믄 쓰겠소? 안 궁가?"

은진의 변화로 동네 아줌마들 모두 운동바람이 불었다. 은진의 남편은 오랫동안 집에 소식을 끊었다. 동네서도 몇은 이미 눈치를 챈 모양이었다. 은진을 보는 눈이 안쓰럽다는 듯 얼비치곤 했다. 그녀는 아랑곳 하지 않았다. 머잖아 그녀가 남편과 이혼을 하게 되더라도 어차피 세상을 속일 수는 없는 노릇이었다. 그녀는 언제든 자신에게 올 일을 각오하고 있는 듯 했다. 겨울도 지나고 봄이 오고 있었다. 과수원 나무들은 웃자란 가지들로 그녀 마음처럼 어수선했다. 그녀는 늦은 가지치기에 여념이 없었다. 잘린 가지들이 과수원 고랑마다 널브러져 가시덤불 같이 우거졌다.

'따르르릉! 따르르릉!'

밖에서 정신없이 가지치기 한 나뭇가지들을 노끈으로 묶는데 어디선가 핸드폰이 울렸다. 저 멀리 벗어 걸어둔 그녀의 추리닝 주머니에서 들려오는 소리였다. 은진이 그곳을 향해 가고 있는데 전화는 이내 끊어져 잠잠했다. 그녀가 일하던 곳으로 되돌아가려는 순간 핸드폰이 다시 울렸다. 그녀는 검은 장화를 신은 채 숨 가쁘게 달려가 전화를 받았다.

"여보세요?"

"은진아? 너 왜 그렇게 숨넘어가?"

"어? 오윤이니? 왜? 나 지금 과수원에서 가지치기 한 것 끌어 묶고 있어. 방금 전에도 니가 했니?"

"그래. 야! 김은진!"

"어?"

"너 지금, 그러고 있을 때가 아냐! 지금 이 전화 끊자마자 당장 좀 올라와라."

"어? 당장? 왜? 무슨 일로? 나 바빠. 이것 얼른 해야 해. 나무 밑에 거름도 줘야 하고."

"야! 이지지배야! 거름이고 뭐고 지금 오라면 그냥 와! 어? 끊는다? 바로 와라. 알았지?"

"아효, 뭔데 그래?"

"야. 오라면 와! 와서 얘기할 일이야. 전화로 될 일이 아냐. 어서 옷 갈아입고 출발해."

"아효. 성질머리두…… 알았어."

"지금 바로 와?"

"알았다구! 아, 지지배."

주말이라 차가 많이 밀렸다. 오후에 나주에서 떠났는데 해는 지고 아직 반도 못가고 고속도로에 서 있었다.

'따르르릉! 따르르릉!'

오윤이다.

"여보세요?"

"아직 안 오구 뭐해? 너 혹시 지금까지 일하고 있냐?"

"아냐. 지금 고속도로야, 차가 많이 밀린다……."

"알았어. 빨리 와. 조금 있다 보자!"

은진는 한밤중에 친구 집에 도착했다.

"무슨 일인데 이 호들갑이냐?"

은진이 오윤의 집 현관을 들어서며 눈을 흘겼다.

"어머어머! 야! 김은진!"

오윤은 뭔가에 감전된 듯 은진을 보고 몸이 굳었다.

"왜? 왔다! 왔어! 늦어서 미안해……."

"아니 아니, 그게 아니구! 너……."

"어? 나? 왜? 뭘?"

"너, 진짜 예뻐졌다! 우와! 왜 이렇게 몰라보게 예뻐졌어? 우와! 살도 무지 빠지고……. 옴마야 은진아, 너 진짜 몰라보게 예뻐졌어. 하하하. 길에서 언뜻 스쳤으면 다른 사람인 줄 알겠네! 세상에! 너 잠깐 일어나봐. 한번 돌아봐! 야하! 그새 반쪽이 되었네? 어머, 뱃살은 다 어디 갔어?"

"하이고. 이것이 또 뻥 치시네……."

"아냐! 정말야! 너 거의 이십년 전 니 얼굴 다시 나온다! 대단해! 멋져! 너 지금 다시 시집가두 되겠다!"

"야! 장난 그만하고 날 호출한 본론이나 말해봐!"

"아, 그거! 아참…… 그렇지! 은진아, 무철씨 연락 있어?"

"없어. 그 인간 어디서 정말 그년과 살림을 차린 건지. 감감무소식이구 연락도 없다. 내가 전화 해두 받지두 않아. 야야, 그 인간 말은 꺼내지두 마라. 나 혈압 오른다."

은진이 식식대며 손부채질을 했다.

"은진아……. 너, 지금부터 마음 단단히 먹고 내 말 잘 들어! 알았지?"

"알았어. 뭔데 그래?"

"아, 잠깐만."

그녀가 무슨 말인가 하려다, 벌떡 일어나더니 생수 한잔을 가져왔다.

"우선, 너 이 물 한잔 마셔! 어서."

영문을 모르는 은진은 오윤의 오버된 호들갑에 살갑게 눈을 흘겼다.

"아주, 구색 맞춰 지랄을 해요, 야! 지지배야. 그만 뜸들이고 어서 본론이나 들어가."

"은진아……."

"아! 왜? 왜? 애가 오늘 왜 이래. 뜸 좀 그만 들이구 어서 말하라니까?"

"아까 낮에 우리 남편한테서 연락이 왔는데……."

"왔는데."

"이혼 소송 의뢰가 하나 들어왔다는데……."

"야! 니 남편 원래 잘나가는 이혼전문 변호사니까 당연히 일이야 매일 들어오겠지 근데? 왜? 뭐? 그게 나랑 뭔 상관인데 이 시간에 나주에서 인천까지 달려오게 만들어?"

"니 남편과 연관된 사건이니까 그치! 이 웬수야! 아직두 감이 안 와?"

"뭐……? 뭐라고?"

"니 남편! 박.무.철!"

"그 인간이? 뭔 소리야?"

"아휴! 참 내! 니 남편과 바람났다던, 그 분당 산다는, 젊은 영계년……."

"뭐, 뭐? 너 다시 말해봐. 오윤아 너 방금 뭐라 했어?"

"휴우…… 은진아. 너 진정하고 내 말 잘 들어…… 우리 준혁씨한테서 연락이 왔어. 오후에 갑자기 한 삼십대 남자가 우리 남편이 이혼소송 전문 변호사라는 소문을 듣고 일산에서 거기까지 한걸음에 상담을 왔더란다. 자기 와이프랑 어떤 유부남 남자가 부적절한 관계라고. 그 현장을 잡아서 지금 둘은 경찰서에 있다고 하더래. 그러면서 그 여자를, 가정을 깬 유책배우자로 이혼 소송하고, 철저히 정신적 물적 손해배상 청구하겠다고 소송을 맡아달라고 했대. 그런데 그 남자가 말하는 불륜 남 이름이 네 남편이름과 같더라는 거야……. 너네 남편 주빈번호랑 핸드폰번호랑 너네 나주 과수원 집 주소까지 그 남자가 사람 사서 다 알아왔더란다. 둘이 꼭 붙어서 모텔 드나들던 사진과 잠자는 사진까지 모조리 찍어서 제출했다는 거야. 이거 지금 잘된 거니? 뭐니? 대체 이걸 어떡하면 좋냐?"

"……."

"야! 서은진!"

"……."

"어머, 애 좀 봐. 아주 충격을 단단히 먹었네……. 야!"

"…… 어?"

"너 이제 어떡할 거냐구?"

"그을쎄……. 난, 이럴 땐 어떡해야 하는 건데……? 어?"

은진은 기막혀 넋이 나간 듯 멍한 얼굴로 오윤에게 되물었다.

♠

"준혁씨……. 우선 과수원 파는 대로 돈은 보내 드릴게요……. 어쩌겠어요. 못났든 잘났든 애들 아빤데. 우리 부부 이혼하든 살든 그건 나중 일이고 우선 구속만 면하게 손 좀 써 주세요, 제발요……. 흐흑!"

"은진씨. 울지 마세요. 은진씨 마음 잘 알았어요. 제가 힘닿는 데까지 어떻게든 해 볼게요."

은진이 준혁의 사무실까지 찾아와 눈물을 흘리고 있었다. 그때 마침 상욱이가 사무실에 찾아왔다. 상욱은 은진을 보자 깜짝 놀랐다. 울고 있어서 놀랐고. 몰라보게 아름다운 외모로 변한 그녀를 보며 또 한 번 놀랐다. 예전 중년 아줌마의 은진모습은 오간데 없었고 서른 초반 노처녀 같은 여자가 가냘픈 몸으로 애처로이 울고 있었다. 상욱은 당황스러워 사무실을 들어서다가 다시 나가 담배를 태웠다. 멀리 허공을 바라보았다.

결국, 은진은 남편을 용서하기로 했다. 분당 여자는 그 사건으로 가차 없이 이혼을 당했다. 무철은 자신의 못난 모습이 백일하에 드러나, 은진을 바로 보지 못했다. 자신을 용서한 그녀에게 더욱 자신의 못난 모습이 수치스러웠다. 드넓은 배 과수원. 그 모진 농사일을 여자 몸으로 다 감당해 온 그녀였다. 못난 남편의 외도로 화병으로 쓰러질 지경이었을 텐데 누구보다 아름답게 자신을 가꾸고 변화시킨 모습으로 무철 앞에 당당하게 나타났다. 그동안 흐트러져 비만했던 몸에 매력 하나 보이지 않던 그녀가 지금은 분당의 젊은 그 여자보다 훨씬 아름답고 건강하고 당당해 보였다. 그러면서도 가정과 아이들을 지켜내려고 그녀는 그토록 애지중지하며 진흙탕과 냄새나는 두엄더미를 퍼 나르고 뒹굴던 소중한 과수원마저 팔려고 내놓은 것이었다.

"흐흐흑! 불쌍한 지지배……. 멍청이."

벌겋게 상기된 얼굴로 오윤이 눈물을 찍어냈다. 오윤은 은진의 문제로 속이 상한 나머지 법원까지 따라와 밖에서 기다리고 있었다. 무철은 재판 내내 고개를 들지 못했다. 이번 재판은 형사재판과 민사재판이 함께 뒤엉켜 시간이 무척 오래 걸렸다. 해를 넘기는 길고 긴 재판이 이어졌다. 무철은 피해자이면서 동시에 가해자였다. 한참 만에 그들은 법원 밖 주차장으로 나왔다. 상대 쪽 남편은 무철과 바람 폈던 그의 아내를 찢어죽일 기세로 몰아쳤다. 다행히 은진의 사죄와 설득으로 양측 갈등은 조금씩 제자리를 찾아 갔다. 그러나 그 젊은 남편은, 재산을 단 한푼도 줄 수 없다는 선전포고와 아이들을 향한 모든 친권 포기각서 요구와 함께 그녀와의 이혼을 감행했고 둘 사이에는 차마 입에 담지 못할 욕설들이 오갔다. 은진은 그들을 보고 있는 것도 너무 괴로워 서둘러 차에 올랐다. 언제 왔는지 상욱이 준혁 곁에서 물끄러미 은진을 바라보고 있었다. 은진이, 된서리 맞은 호박잎처럼 풀이 죽은 무철을 향해 들릴 듯 말 듯 말했다.

"안 탈 거야……?"

무철이 변호사 준혁에게 고맙고 면목 없다는 듯, 인사를 넙쭉하고는 은진의 차를 향해 주춤거리며 걸어갔다.

"저, 잠깐만요……."

멀어져가는 무철을 갑자기 상욱이 불러 세웠다. 상욱이 무철에게 다가가 서류 봉투 하나를 건네주었다.

"집에 가서 읽어 보세요."

"이게…… 뭡니까?"

"…… 집에 가서 보면 아실 겁니다. 예쁜 아내분과 꼭 함께 읽어보세요. 그리고 제가 드릴 말씀은 아닙니다만, 이제 집에 돌아가시면 예쁜 아내분이 더는 홀로 울지 않게 잘 좀 해 주세요……."

"허허허. 물론 그래야지요……. 그럴 각오입니다. 백번 죄인입니다만 저 이번에 반성 많이 했습니다. 앞으로 남은 생은 제 아내에게 평생 사죄하면서 살려고요. 제 아내 같은 여자 세상에 다시없다는 것을 이번에 알았습니다……."

"그걸 지금이라도 아셨다니…… 무철씨는 그래도 저보다는 현명하고 행복한 남자군요."

은진의 차가 멀어졌다. 은진은 나주로 오는 내내 무철과 단 한마디도 말을 섞지 않았다. 머리로는 용서했지만 가슴으로는 죽어도 용서할 자신이 없었다. 집에는 백구가 혼자 여러 날을 지키고 있었다. 온 집에 불은 캄캄하게 꺼져있었다. 집 뒤로 보이는 과수원이 검은 어둠을 안고 괴상한 분위기까지 자아냈다. 백구는 은진의 자동차 엔진소리만 듣고도 꼬리치며 짖고 껑충껑충 뛰었다. 밥그릇에 사료가 몇 톨 남아 있었다. 부녀회장이 백구를 챙긴 듯했다. 은진은 마당에 차를 세우고 백구에게로 갔다.

"백구야…… 엄마 왔다……. 아휴 녀석. 혼자 집도 잘 지키고…… 쯧쯧쯧, 사료도 다 먹었네…… 물도 없고…… 에혀 배고팠지?"

'멍멍멍!'

은진은 빈 집에 쓸쓸히 남겨졌던 백구를 보며 그동안의 자신을 보는 것 같아 눈물이 났다.

"백구야, 네가 사람보다 백배 낫다⋯⋯. 기특한 것."

백구는 은진보다 더 큰 덩치로 은진에게 마구 매달리고 좋아했다. 그녀는 마당 수돗가에 가서 신선한 물을 떠와 사료와 함께 가득 부어주었다.

"많이 먹어."

그녀가 어두운 마당에 쭈그리고 앉아 백구의 등을 오래 쓰다듬어주었다. 무철이 죄책감으로 주눅이 든 채 그녀와 백구를 바라봤다. 은진이 이쪽으로 고개를 돌렸다.

"안 내려?"

"어? 내, 내려야지⋯⋯."

무철은 백번 죽어도 면목이 없었다. 거의 일 년 만에 다시 돌아온 집은 낯설었다. 무철은 자신이 설 자리가 어디쯤인지 가늠되지 않는 눈치였다. 은진도 무철이 타인처럼 무척 낯설었다. 은진은 그런 무철의 못난 모습에 속으로 부아가 더 치밀었지만 참고 돌아서 먼저 집안으로 들어갔다. 무철이 고개를 푹 떨구고 그녀 뒤를 따라들었다. 한기가 싸─아 한 거실에 불을 키고 그녀가 보일러 온도를 높이 올렸다. 무철이 거실 한쪽에 남의 집에 온 손님처럼 엉거주춤 쪼그려 앉았다. 은진이 거실에 앉았다.

"뭐야? 아까 상욱씨가 준 게……?"

"나, 나두 몰라…… 그냥 우리 둘이 집에 가서 꺼내보라 하
던데……."

은진이 무철의 손에 들려 있던 서류봉투를 살폈다. 희부연 먼
지와 함께 우수수 쏟아져 나온 것은 오래된 종이가 차곡차곡
접힌 것들이었다.

"이게 다 뭐지……?"

은진은 먼지 풀썩이는 이상한 종이들을 뒤적이다 하얗게 밀
봉한 새 봉투 하나를 발견했다. 그녀는 그것을 먼저 손에 집
어 들었다. 찬찬히 봉투를 살펴보았다. 은진은 하마터면 비명
을 지를 뻔했다. 그것은 매주 목요일마다 그녀에게 배달되었던
정체불명의 편지와 동일한 것이었다. 은진은 순간 일어나 대문
간으로 달려갔다. 우편함을 뒤져보았다. 이미 그곳에 여러 통
이 배달되어 있었다. 집을 비운 새에도 편지는 매주 목요일마
다 은진에게 어김없이 도착해 있었다. 은진은 그것들까지 모두
꺼내 다시 거실로 들어왔다. 그녀는 오늘 받아온 서류봉투에서
밀봉된 편지를 다시 펼쳤다. 두 장이 들어있었다. 그녀의 입술
이 파르르 떨고 있었다.

To. 은진.

나의 사랑하는 마돈나여

　나의 사랑 은진, 내가 어디에 있건 당신은 언제나 나와 함께 있습니다.

　당신을 알기 전의 내 인생은 어떤 삶이었을까요? 지금 돌아보면 그것은 캄캄한 저 너머에서 나라는 존재는 그 어디에도 없었습니다. 난 아침이면 매일 나 스스로에게 말을 건네고 당신이 내 가까이 있는 것처럼 속삭입니다. 은진씨. 진정 사랑합니다. 저 하늘의 태양이 영원하고 저 밤하늘의 별이 영원한 것처럼. 나 그대를 향한 이 사랑도 영원할 것임을 다짐하며 그대를 향해 오늘 다가갑니다. 부디 제 사랑을 받아주세요. 오늘 나의 청혼을 꼭 받아주세요.

(1989년 라일락 핀 7월의 어느 저녁— 그대를 영원히 사랑하는 무철로부터!)

　은진은 봉투 색깔이 다른 또 한통의 편지를 뜯었다. 그녀의 손이 가늘게 떨렸다.

　To. 은진씨께……

　은진씨. 저 준혁이 친구 한상욱입니다.

　우선 이 편지에 대한 해명을 드려야겠기에 몇 자 적습니다. 몇 년 전 어느 날 집을 사러 김포 외각을 갔다가 그 집 지하창고에서 오래된 상자 하나를 우연히 발견했습니다.

오랫동안 먼지가 켜켜이 앉은 그 상자를, 밝은 마당으로 안고 나와 열어보니 세상에 없는 눈부시고 놀랍고 값진 보물이 가득하더군요. 그것은 얼굴도 전혀 모르는 그 집 전 주인이 남기고 간 흔적이었습니다. 그 부부는 그 소중한 보물이 그곳에 있었던 것조차 오래 되어 잊은 채 이사를 떠났더군요. 그 집을 저는 계약했지요. 잔금을 모두 치르고 청소를 하며 그 보물상자를 놓고 저 혼자 오래 고민했습니다. 누군가의 너무도 소중한 순간들이 오롯이 그 안에 모두 남아있어 차마 버릴 수 없었습니다. 그렇다고 돌려드린다는 것도 저로서는 참 애매한 상황이었습니다. 그러다 세월이 잠시 흘렀습니다. 어느 날, 우연히 준혁이와 오윤씨와 저녁을 먹으러 나간 자리에서 은진씨를 처음으로 보았습니다. 그 순간 어디선가 보았던 기억이 떠올라 오래 생각하다가 이집 보물창고 편지 속의 주인공이었음을 알았고 계약하러 당신이 나주에서 김포에 다녀가던 날, 그 계약서에 적혀 있던 은진씨 이름을 떠올리고서 무척이나 놀랐습니다. 저는 그 때 알았습니다. 제가 보관하고 있던 보물상자의 두 주인공이 은진씨와 무철씨라는 것을요…….

그 후, 저는 한동안 바삐 지냈습니다. 그러다 어느 날 은진씨가 무철씨와 몹시 힘든 관계에 놓여있다는 것을 우연히 알게 되었지요. 어떤 형태로든 은진씨께 힘이 되어주고 싶었습니다. 그러다 제가 찾아낸 방법은 오래전 당신을 애타게 사랑했고 지금까지 평생 함께 해온 무철씨의 사랑이 담긴 옛 편지와 추억을 하나씩 되돌려 드려야겠다는 생각을 했습니다. 그런 과정에서, 오래전 정성껏 써내려간 무철씨의 사랑이 갖고 있는 커다란 위력을 보았습니다. 오래전 무철씨가 쓴 편지글을 받아보며 수십여 년이 지난 후였지만 이번에도 은진씨가 다시 본인을 사랑하게 되고 놀랍게 예뻐지고 활짝 꽃이 피고 자주 웃고 아름다워지는 변화를 멀리서 바라보며 정신과의사인 저 조차 믿을 수 없는 기적을 보았습니다.

은진씨 고맙습니다. 저 역시 인생에서 한번의 쓰디쓴 실패의 고비를 넘긴 남자입니다. 저는, 아직 예전의 그녀가 홀로 살고 있는데 부끄럽게도 용기가 없어 그녀에게 다가가지도 못하고 있었습니다. 그랬던 저에게 은진씨는 실로 엄청난 용기를 주셨습니다.

은진씨……. 무철씨가 이번에 은진씨 마음을 몹시 아프게 한 것 저도 잘 알고 있습니다. 그러나 부디 한번만 용서해 주셔서 두 분이 다시 행복하게 사시길 저는 진심으로 바랍니다. 두 분의 사랑이 흔들리고 색이 바래지려할 때마다 그 상자 속 보물들을 하나씩 꺼내보며 다시 새롭게 처음 그때처럼 사랑하며 오래오래 행복하길 빕니다. 저도 이번 주말에, 제 삶에서 실수로

헤어진 예전의 아내에게 찾아가 따뜻한 화해를 청하고 용서를 빌려합니다. 이번에 내 아내를 만나면, 어떤 어려움이 닥쳐도 다시는 그 고운 손을 영원히 놓지 않을 생각입니다. 이제는 유능하고 마음이 넓고 사랑이 충만한 정원사가 되고 싶습니다. 그래서 세상에 단 하나뿐인, 내 아내라는 눈부신 나무 한그루가 내 곁에서 오래도록 멈추지 않을 행복의 꽃을 환하게 피우며 웃는 모습을 꼭 보고 싶습니다…….

그럼 안녕히……. 은진씨의 행복을 언제나 응원하는 인생의 또 다른 정원사가.

상욱은 용기를 내어 제주행 비행기에 몸을 실었다. 의자에 깊숙이 몸을 기대고 설레는 마음을 가누며 살며시 두 눈을 감았다. 그는 생각했다.

'이 세상 어떤 언어로 나의 이 가슴 뜨거운 사랑을 내 여인에게 고백할까.'

상욱은 나지막이 속삭였다.

"영인아, 내가 지금 너에게로 용기 내어 날아간다."

상욱은 떨리는 숨을 천천히 내쉬며 속으로 생각했다.

'사랑하는 나의 아내 영인아, 우리 다시 시작하자. 네가 너무 그립고 보고 싶다……. 미치겠다.'